Experience Germany on a balcony

在德意志
阳台上

陈 武 —— 著

中国书籍出版社
China Book Press

图书在版编目（CIP）数据

在德意志阳台上 / 陈武著 .—北京：中国书籍出版社，2013.12（域外游踪）
ISBN 978-7-5068-4023-1

Ⅰ.①在… Ⅱ.①陈… Ⅲ.①随笔—作品集—中国—当代 Ⅳ.① I267.1

中国版本图书馆 CIP 数据核字（2013）第 312852 号

在德意志阳台上

陈　武　著

策划编辑	陆炳国　武　斌
责任编辑	刘文利　刘　娜
责任印制	孙马飞　张智勇
出版发行	中国书籍出版社
地　　址	北京市丰台区三路居路 97 号（邮编：100073）
电　　话	（010）52257143（总编室）（010）52257153（发行部）
电子邮箱	chinabp@vip.sina.com
经　　销	全国新华书店
印　　刷	北京富达印务有限公司
开　　本	710 毫米 ×1000 毫米 1/16
字　　数	200 千字
印　　张	16
版　　次	2014 年 4 月第 1 版　2014 年 4 月第 1 次印刷
书　　号	ISBN 978-7-5068-4023-1
定　　价	38.00 元

版权所有　翻印必究

上 卷

散步在魏玛街头	002
车窗左侧的阿尔卑斯山	010
科隆大教堂默想	019
在德累斯顿的"阳台"上	028
从阿尔斯特湖到滴滴湖	037
法兰克福逛书店	046
黑城门周围	051
"现代艺术街"现场	056
勃兰登堡门留影	065
布吕肯街十号	071
新天鹅堡	078
"车站街"的艺术工厂店	086
寻找瓦格纳	095
少女湖畔	105
在歌德公园里眺望	111
柏林的博物馆岛	117
海德堡的废墟	129

目 录 CONTENTS

下 卷

迷失在无忧宫外的森林里	138
闲庭信步的大雁	146
汉堡道上	154
土耳其咖啡店	160
一场歌剧教学课	165
啤酒啊啤酒	172
邂逅	177
醉美乡村葡萄酒	183
诗人彤雅立	190
"博士"恰巴	196
与垃圾有关	201
旧书摊上忙淘书	206
教育和孩子	214
"施大爷"的合唱	223
街头艺术家	229
感受沙沙沃特的实验戏剧	235
不来梅的乐师	242
后 记	249

喧响吧，莫要停留，
沿山谷流去，
流吧，合着我的歌，
鸣奏出旋律，
不论是你在冬夜，
汹涌地高涨，
或是你绕着幼蕾，
掩映着春光。

上卷

散步在魏玛街头

这次德国之行，我们要在魏玛作短暂的停留。

魏玛这个城市我是知道一点的，先不说给魏玛带来无尚荣耀和骄傲的歌德和席勒，就是"黄金二十年代"所创造的辉煌，也足以给魏玛人在世界范围内赢得持久的声誉。从1918年到1933年，短短的14年时间里，魏玛在世界文明发展进程中，扮演了重要的、举足轻重的角色，把这一时期称为"魏玛文化"一点都不夸张。我们今天在谈到现代主义、表现主义、先锋主义、前卫艺术等等概念时，都绕不开魏玛文化，绕不开短暂而璀璨的"黄金二十年代"。那真是一段令人无限向往和怀念的年代啊，既蠢蠢欲动、骚乱不安，又意气风发、朝气蓬勃。在那段时间里，在魏玛这座只有几万人口的小城中，聚集着一大群思想解放的文化人，他们是，小说家托马斯·曼，诗人里尔克，戏剧家布莱希特、韦德金德、舒克梅尔，画家康定斯基，音乐家勋伯格，电影家弗里茨·朗、茂劳，思想家海德格尔和爱因斯坦，社会学家韦伯，建筑学家格罗皮乌斯、蒙德尔松，当然，还有在西方思想领域产生广泛影响的"法兰克福学派"中的代表人物阿多尔诺、本雅明、马尔库赛等等，这样的名单，能列出长长的一串，无论拎出其中的哪一位，看看他们取得的成就，都让我们唏嘘不已，顶礼膜拜。这些艺术家所表现的风格，不只是独树一帜，就其创新的胆识和前卫性而言，简直就是引领世界艺术的潮流，代表的是一种真正的人文精神。

10月26日上午，我们的大巴车从德累斯顿驶往魏玛途中，我默默地坐在窗口，看着窗外的森林草地，静静感受窗外的大好风景，想像着魏玛文化耐人寻味的现象，渐渐地，耳畔仿佛激荡着魏玛文化的回音，仿佛出现了那一代大师们在山坡的草地上散步或喁喁小谈的身影，同时，心里有一种隐隐的感动、不安，还有一种莫名的忧郁和伤感，究竟是一种什么样的力量，让他们在一次世界大战失败后的废墟上，支撑起对文学、艺术、哲学等学派的迷恋，并迸发出照耀世界的光芒。

我们到达魏玛时已近中午，天气晴朗，空气澄明。午饭后，大家自由活动。

魏玛这座城市，如果放在中国，最多算得上一个小县城，只有六万多人口，街道整洁、安静，房屋古老、敦实，街上没有什么行人，也没有穿梭的车辆。我和南师大法学院教授蔡先生结伴，慢慢在街道上行走，用心感受这座城市的一草一木，感受这座城市非同一般的气息，感受穿越时光的艺术的光度和亮度。魏玛真的很美，建筑和街道，与一百年前几乎没有什么变化，城市大小也依然是从前的面积，人口也没有增长，甚至那些庭院里的花园、园里的一棵大树，还是一百年前的样子，变化的，只是木栅栏的腐蚀和树冠的扩大。有好几次，我和蔡教授在某个庭院的门前徘徊、呆望，看着墙上的苔藓，看着花园草地上的落叶，想像着当年的主人，在草地上思考、阅读，想像着他和友人的讨论、争执，以及他们的优雅和闲适。有那么几次，我情不自禁、不由自主地妄想推门而入，也在草地上散步，在落着树叶的条椅上坐坐。每每这时，蔡教授都会善意地提醒我，德国人对自己的私人领地十分看重，没有邀请不宜私自进入。我只好继续呆望，用眼睛记录着花园里的陈设，用心去感知这所房舍里透出的主人的思想。

魏玛的街巷并不都是笔直的，在拐过一些弯口时，我们的期待总不会落空，一个艺术展览的招牌，一场演出的预告，都会让我们惊喜。

魏玛街头的建筑

随处可见的名人雕像

一个现代艺术展览的指示牌,将我们引领到一栋狭长形的建筑前,建筑也是有年头了,外墙毫不起眼,墙基的泥层甚至脱落了很多。建筑前是一个木栅栏的花园,在浓荫覆盖的大树下,有一个木制的古旧的秋千,上面落着几片黄叶,有两只不知名的鸟,停在秋千上,一动不动,对我们的突然造访充耳不闻。我们没有进入花园,也没有顺着指示牌继续前行,而是拐进了另一条街巷。

有趣的是,当我们拐进另一条街巷时,发现我们已经来过了,只不过是在小街的另一边,而那些建筑、建筑上镌刻的姓名及生卒年月,又是我们不曾见过的。如前所述,对于这些不期而遇的老建筑,我们都要伫立很久,细细端详,慢慢品味,估计又是哪一位大师的故居了。因为不懂德语,只能做一些假设:

——如果这是一幢有个性有特色的建筑,会联想到格罗皮乌斯,联想到他为包豪斯学院设计的校舍,那些有明显棱角风格的设计,和另一位建筑大师门德尔松的作品形成鲜明的对比,他们都热衷于表现主义,但又风格迥异,如后者设计的爱因斯坦塔,是波浪形风格,当爱因斯坦第一次走进这栋建筑时,由衷地赞叹说,很得体。爱因斯坦所说的"得体",透出的是内心的欣喜和满足。

——如果某栋老建筑过于破败,甚至年久失修,但又抑制不住透出某种艺术的气质,自然会想到抽象主义和表现主义的代表画家康定斯基和考考斯卡,觉得只有他们才配得上住进这所建筑。这样的想像当然毫无根据,甚至有些可笑——或许这栋建筑归属于另一位艺术家,但这又何妨呢?在魏玛这样的艺术环境里,我们是可以作任何想像的。换一种说法,我们无论做出什么样的假设,都毫不出格。难道不是嘛,也许,花园里那把年久失修的旧椅子,就是当年新潮设计大师布罗伊尔设计的。而托马斯·曼、里尔克、布莱希特、海德格尔等文学大师和哲学大师说不定就在这把椅子上坐过,相互探讨着"恐惧"、"忧虑"、"虚无"、"存在"、"分裂"、"疏离"和"觉醒",我们真的不知道获得诺贝尔奖的托马斯·曼是在哪一栋建筑里写出了《魔山》,也不知道里尔克的散文体小说《马尔泰手记》诞生在哪一个房间里,更不知道海德格尔的哲学巨著《存

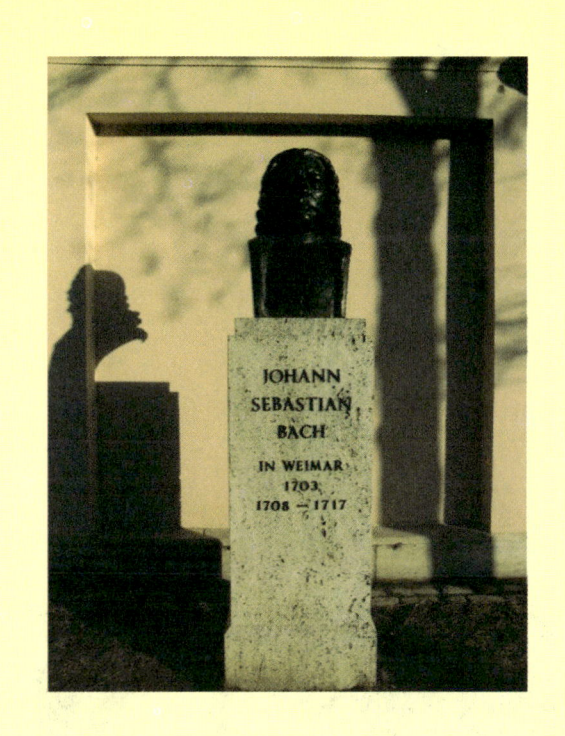

魏玛街头的雕像

古树下的民居

在与时间》构思于哪一座花园，至于爱因斯坦的相对论萌芽在哪一条散步的小路上，就更是不得而知了。

但我们又觉得他们无处不在。仿佛这里的每一条街道上都留下过他们的足迹，每一棵古树下都留下过他们的身影，每一片阳光都曾照耀在他们的身上。我们呼吸着大师们呼吸过的空气，行走在大师们行走过的街道上。而此时，我们沐浴的阳光也似乎格外的透彻、明亮。遥想当年，那在西方世界思想领域产生广泛回响的法兰克福学派，不正是受这样的气氛所感染吗？本雅明、阿多尔诺，还有马尔库赛等思想敏捷的智慧才俊，也是在这里接受了魏玛文化的洗礼，日后才在异国他乡开花结果的。

在魏玛街头散步的三个多小时里，我时常处于一种幻觉状态中，仿佛徜徉在"黄金二十年代"的魏玛。那些兀自出现的古老的、带花园的建筑，门旁边不能相识的名姓，充斥着艺术氛围的门眉、窗格，都会让我产生无限的遐想。如果，我是说如果，如果希特勒不是在1933年上台，如果不是希特勒在1933年上台后，粗暴地赶走了栖居在魏玛的这批艺术俊杰，那么，魏玛的艺术光辉必将更加灿烂。但是，世界上没有如果，希特勒上台之后，赶走了一大批思想活跃、艺术精进的精英分子，布莱希特避居瑞典，爱因斯坦和托马斯·曼远走美国，本雅明在逃往法国后自杀身亡……

但是，当成千上万的德国文化精英，带着魏玛精神，避居在世界各地时，魏玛文化的精髓并未就此消失，魏玛文化所代表的人文理念和哲学精神，反而在各地传播开来。

车窗左侧的阿尔卑斯山

我们乘坐的旅游大巴在环德国游中，一直都行驶在高速公路上。德国的高速公路不限速，但大巴司机并没有因此而飙车，一直都把车速稳定在一百公里左右。但是，通往新天鹅堡的路，却是林间的一条窄窄的乡间公路，那天从慕尼黑出来不久，大巴车就驶进了这种弯弯曲曲的森林小道。再行驶不久，就看到前方连绵起伏的山峦——阿尔卑斯山。穿过树丛密林，再甩几个大弯，我们就贴着阿尔卑斯山前行了。

记得好多年前，读过法国作家都德的一篇随笔，题目仿佛叫《从阿尔卑斯山归来》，文章不长，感觉有些零乱，记述的是作者在阿尔卑斯山游览后的一些感想，作者似乎没有什么抒情，只是对阿尔卑斯山的羊群感兴趣，还用一些拟人的笔调，让一群在山上草地里生活了五六个月的羊群下山归家，避免了狼群的骚扰。不过都德文章中描写的，是法国的阿尔卑斯山。在德国旅行的这些天中，我没有看到过羊群、牛群、马群倒是见过不少，那么在德国的阿尔卑斯山脉中穿行，会不会和羊群不期而遇呢？

在我们车窗的左侧，在平坦的公路和起伏不定的阿尔卑斯山之间，有大片的草地、森林和湖泊，也会看到有几户人家的小村子，村子里房屋的瓦和墙的颜色以红黄为主。较大一些村子里都有一个白色的哥特式教堂，十分显眼。也会有一两幢木房子，孤零零地蹲在森林边或草地上，像牧人的临时小屋，在等待主人的归来。刚下过一场不大不小的雪，覆盖了草地，那些木屋就越显得孤单了，真是"归期未有期"啊，这些房子，或许真的是春夏季节，牧羊人的居所吧？看过日本人搞的动画片《阿尔卑斯山的少女》的朋友，可能都记得山脚下的那些小木房，大致就是那样的。不远处的阿尔卑斯山，近处是起起伏伏的山冈，稍远处是层林尽染的森林，再远处，便是皑皑白雪的山峰了。这里的滑雪场应该名气不小，我们在一个小镇稍事停留时，看到许多当地居民带着滑雪工具上车出发，可能是度假滑雪去了。

也许是初冬的缘由吧，阿尔卑斯山上的林木，并非一色的青翠。青翠当然是她的主色调了，除此之外大约有数十个层次，用五颜六色来形容，一点也不为过。山峦是绵绵不绝的，山峰也没有绝对的挺拔（视角原因），真正惹眼的，还是童话一样花团锦簇的森林，满眼的生动，满眼的云蒸霞蔚。山脚下那长长的坡地，是大片的牧场，依着山势，绵延而去。那些不知名的湖泊、河流，不经意间出现在林中或草地上，颜色是晴空般的碧蓝，倒映着森林和雪山，古朴而宁静。

我坐在车内的左侧，靠窗凝望或远眺身旁的阿尔卑斯山，有时会陷入遐想。美国人拍过一部电影，叫《阿尔卑斯山，自然的巨人》，这是一部纪录片。美国人不知为什么跑到欧洲来拍这样一部纪录片，莫非他们的祖先都来自阿尔卑斯山？纪录片很漂亮，但是我宁愿把她看作一部故事片。片中展现了瑞士的阿尔卑斯山峻美的自然风光，并对阿尔卑斯山脉的形成、对欧洲气候的影响以及雪崩和救援作了详尽的说明。而那些惊险的镜头，据说全是实景实拍。影片取材于约翰·哈林三世的文学作品《艾格峰之困：面对杀害我父亲的山》，讲述的是他父亲约翰·哈林二世1966年在攀登艾格峰北壁时，因绳索断裂而遇难的故事。40年后，当电影再现艾格峰往事的时候，导演说服约翰·哈林三世来到艾格峰下，带着妻子和女儿去共同面对那座山峰，影片以哈林三世的心路历程，来展示人

阿尔卑斯山下的村镇

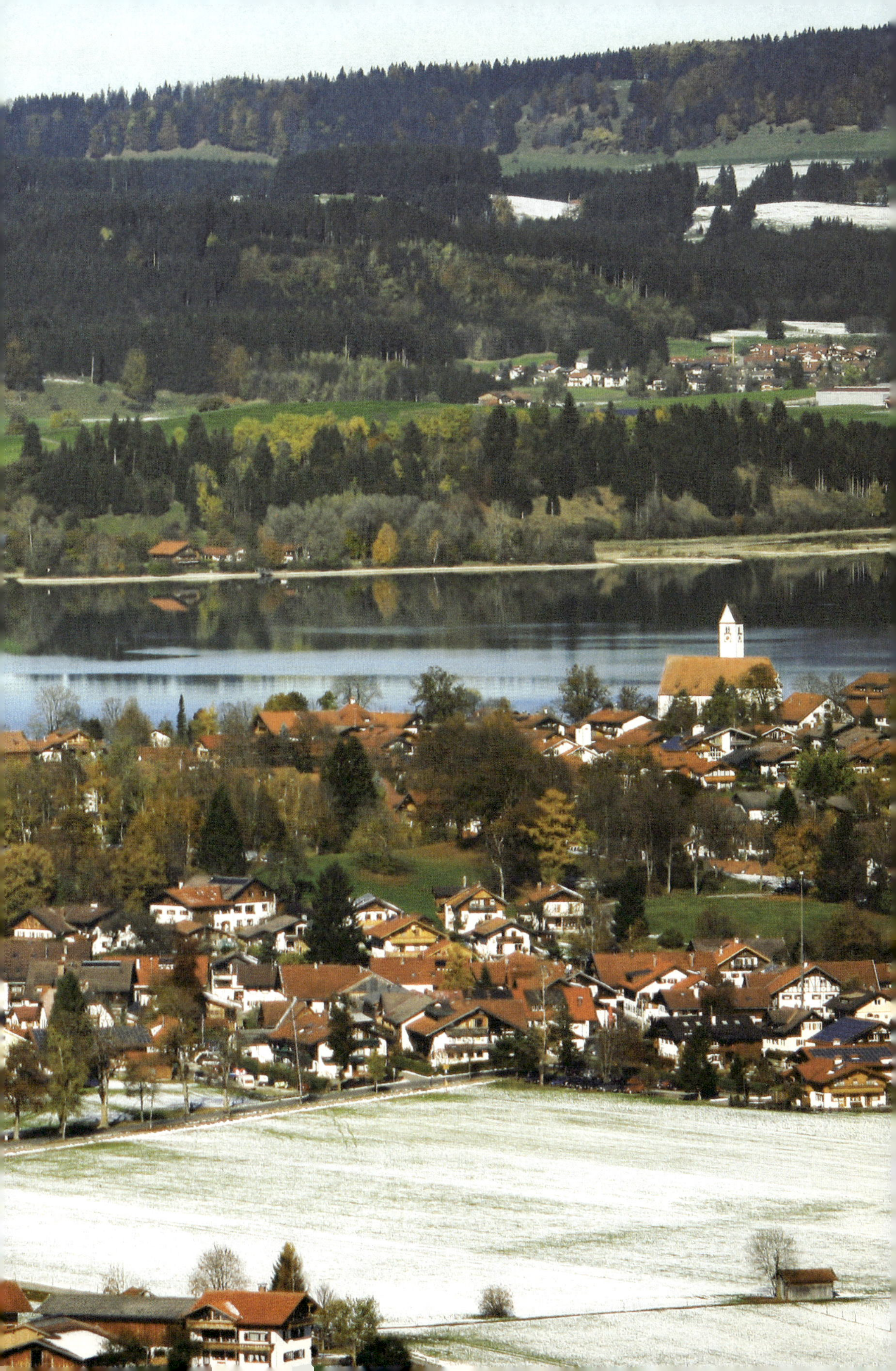

阿尔卑斯山下的牧场

阿尔卑斯山下的农庄

路边的教堂

阿尔卑斯山近景

阿尔卑斯山下的森林和草地

与山、山与山、人与人之间应该是什么样的一种关系，是依恋？还是敌对？

　　阿尔卑斯山横跨欧洲大陆好几个国家，法国、意大利、奥地利、瑞士，一直逶迤到德国的西南部。我们这次旅行的目的地，是德国著名的旅游胜地新天鹅堡。这是坐落于阿尔卑斯山脉上的童话般的城堡，关于她的故事，我将在《新天鹅堡》中详细叙述。从新天鹅堡向斯图加特出发时，我们依然没有摆脱阿尔卑斯山，有一度，我们甚至顺着蜿蜒的山道，进入了奥地利境内。一路上，依然是起伏的山谷，成片的松柏或榉树的森林，填满了深不见底的沟壑，俯瞰下去，心里陡然产生一种敬畏之感。说真话，我真想独自一人下车，在有路或无路的山谷的密林里穿梭，从一个山崖到另一个山崖，从一个湖泊到另一个湖泊，拍一些照片，采一些冬菇，晚上就宿在林间的小木屋里……可惜我不过是一个临时的游览者，当我从遐想中醒来，大巴车正穿过一个不长的隧道，之后不久，我们拐上了通往斯图加特的高速公路。

科隆大教堂默想

那天，我们从一条小街口拐过来，第一眼见到科隆大教堂时，被小小地震撼了一下。虽然在来科隆的路上，已经做好了准备——从朱自清先生的《欧游杂记》里，略知大教堂的宏伟和气派，但甫一照面，依然禁不住惊叹一声。但见整个建筑，在阴郁的天空下，被浓雾紧紧团绕着，直棱棱的塔楼像紧密的树丛相互簇拥，雾霭从教堂的腰部开始，越往上越浓密，塔尖若隐若现。朦胧中，刚刚遭遇一场小雨的墙壁上水汽很重，黑乎乎的墙壁透着岁月的沉重，也仿佛一路走过的历史都在水雾或烟雨中——对德国的历史我研究不深，对大教堂的历史也是浑然无知，但是对这个庞然大物的印象，就是这样的。

科隆大教堂和大部分欧洲教堂一样，也是哥特式的。这种建筑是罗马建筑的革新，其特点，可以说是自然和宗教相结合的产物，融洽而独特。朱自清先生在《莱茵河》一文里对科隆大教堂有这样的描写："这也是月光里看好。淡蓝的天空干干净净的，只有两条尖尖的影子映在上面；像是人天仅有的通路，又像是人类祈祷的一双胳膊。森严肃穆，不说一字，抵得上千言万语。"这是朱先生月光下看到的科隆大教堂，和我们阴雨雾汽中看到的完全是两种不同的景致和意境，但浓厚的宗教情绪却是相同的，特别是"仅有的通路"一说，点破了信徒心中的秘密。

科隆大教堂门厅

雾中的科隆大教堂

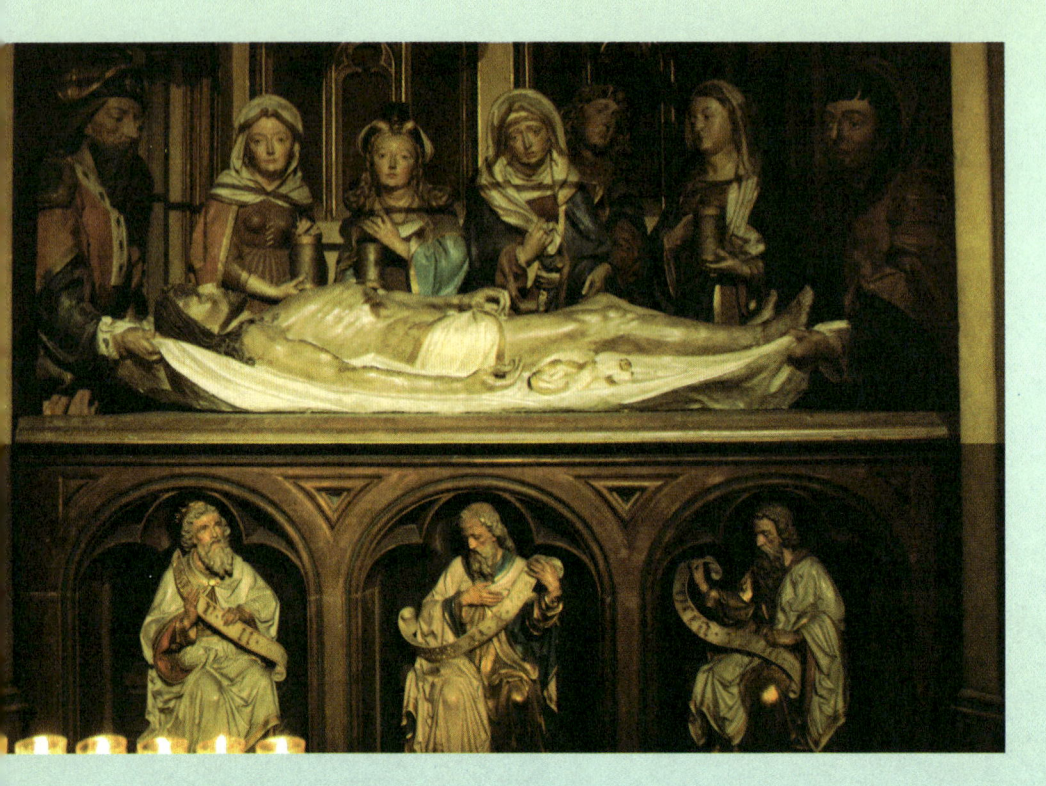

科隆大教堂内的壁画

科隆大教堂内的雕像

科隆大教堂内的壁画

科隆大教堂里的长明灯

我们进入教堂时，里面正在做礼拜，几个穿红袍子的牧师在大厅门口肃穆地站着，只允许教徒进入。我和作家朱文颖在入口的木栏边看着庄严的礼拜场面，看着很远的地方，身穿白袍的牧师讲经的样子，隐约能听到他的声音很浑厚，语感很好，加上教堂空旷的空间，感觉像是从遥远的地方沉缓地传来。尽管我听不懂他讲什么，但我知道他的话深入到所有教徒的内心，并深深地感染了他们。朱文颖拉我一下，轻声说，你别走啊。我点点头。在那一刻，不管是不是教徒，不管懂不懂宗教，我们的内心，都会在这样的气氛中，静下来，是真正的静，心灵的静，情感的静，精神的静。那种慰藉，仿佛已与喧嚣、驳杂的尘世隔绝。

大约半小时之后，礼拜结束了，教徒们从我们身边一声不响地走过，他们有老人，有青年，有情侣，还有三口之家。无论男女，都是面色从容、安详。我在不少西方电影上见过这样的场景。在美国的乡村题材的电影中，也常常看见，从教堂出来的人们，身穿考究的服饰，悄无声息地陆续回家。你不知道他们想些什么，但你能感觉到宗教的力量和伟大。当然，他们还要面对各种各样的生活，面对千奇百怪的人生。但是他们无论在什么样的人生境遇中，内心都会有自己的信仰，都会有一种力量。

教堂也在礼拜结束后，正式对游人和公众开放。我和朱文颖跟随着人流，慢慢地观看。教堂太高大了，数丈高的玻璃窗上，绘着内容为宗教故事的画，色彩异常鲜艳，室外的光线被图画的色彩割染成不同的颜色，似乎与天堂有了关联。教堂里的空间非常宽大，目视有一百多米高吧，一根根圆形的大石柱有序地排列着，那些带拱尖的窗子，流线非常顺畅，抬眼望去，人的思想也跟着向上升，与宗教里的天国似乎更切近了。朱文颖提议坐一坐。于是我们坐在教堂的长条椅子上，看着一个个棱柱和尖窗，也看着面前桌子上好多本《圣经》。这些《圣经》应该经历过无数人的手吧。我略知一些《圣经》故事，母亲也是基督徒，还有一些信教的朋友。我在此时想到了他们……

我和朱文颖就这样坐着，偶尔小声交流一两句。而大多数时候，我们各自沉默着，沉浸在自己的世界里。我看着面前的一本本《圣经》，想起南京一位基督徒作家对我说过的话，她说她经常在遇到想不通的事情的时候，向上帝祈求，思想就往往会走进另一种情境里，心情自然也会大好起来。当时我不理解她的话，甚至觉得她的话可笑。但是，当我坐在科隆大教堂静静默想的时候，虽然不能完全理解她的话，但我似乎也领悟到什么，这就是宗教的神圣和博大。记得米勒的油画《晚钟》吗？作品展现的是在黄昏来临之际，一对在田间劳作的青年夫妇，在暗紫色的余晖中，默默祈祷的场景，"看到这对在田间默默祈祷的农民夫妇，我们仿佛也听到了远方依稀可见的教堂传来的钟声：这'钟声'好像越来越大，传得越来越远……也许是这对伫立在农田里剪影一般的农夫与地平线交叉的形式使人联想到了庄严、神圣的'十字架'，从而拉近了农夫、教堂与观赏者的距离并强化了教堂钟楼的'音响'感应；也许是由于日暮余晖的笼罩、屏息静思的农夫和静穆沉寂的大地的反衬；也许是由于画家刻意把人物、景物恰如其分地虚化，不但人物、景物、教堂以及教堂里传出的'钟声'可以融为一体，好像观赏者为画中人、画中景、教堂及教堂钟楼里传出的钟声也融为了一体……这浓郁强烈的宗教情感，这凝重圣洁的宗教气氛，这庄严、肃穆、令人敬畏的宿命色彩和安贫乐道的基督徒形象，这深沉、悠远、悲壮的诗意境界，这直指人心的精神魔力，如果不是一个虔诚的基督教徒，没有在宗教境界修炼到一定程度，没有深厚的文学艺术修养，没有巨大的精神投入和高超出众的绘画技艺，是很难创作出这样的杰作的。这外在粗陋、朴实，甚至木讷、痴呆，而内心纯净虔诚、温顺善良的农民形象，不仅体现了米勒对农民的深深理解和深厚的感情，也体现了19世纪后半叶艺术家强烈的民主意识以及现实主义的求实精神。"这段话，不仅是针对这幅油画作品，应该说，也是对一种宗教精神和宗教情感的恰如其分的抒情与诠释。而科隆大教堂里的许多幅壁画，都会让人联想到很多，是的，是那种任由自在的联想。

我们就这样坐着，默想着，十分钟，半个小时，一个小时，大约两个多小时吧，直到约定集中的时间到了，我们才依依不舍地起身，环视一眼周遭，看到许多像我们一样静默的人。真的，在那一刻，我们真的还想再坐一会儿，感受一下教堂静穆而深远的气氛。

在德累斯顿的"阳台"上

从马哥的堡,到德累斯顿,一路上都是起伏的丘陵。巨型风车还是常见的风景。路边森林的间隙处,可以看到冬小麦。有零星的工厂散落在离高速公路较远的森林中。森林是德累斯顿的"招牌",据说覆盖率达百分之六十以上,有"绿色之城"的称号。从路上看风景,森林几乎伴随我们一路,绿色更是无边无际。

在飞速行驶的大巴车上,导游不厌其烦地强调,德累斯顿是"易北河畔的明珠"、"易北河上的佛罗伦萨"。他这种"先入为主"的论调,总让我生疑,就像把苏州比喻成"中国的威尼斯"一样,不伦不类。但也能说明,德累斯顿确实非同一般。

对于这座文明于世的历史文化古城,我对她最初的认识,是从一部二战电影里了解到的——《空袭德累斯顿》(有的译作《德累斯顿大轰炸》)。关于二战的影视作品,我看过不少,仅在某一年春节期间,就连续看了一周二战经典电影,几乎天天泡在网上,"翻尸倒骨"到处寻找,大约三十部总有了吧,其中就有《德累斯顿大轰炸》。开始看到那么多轰炸的场面,看到那么多妇女儿童,以为又是一部战争灾难片,准备放弃不看了。但是,当美丽的女主人公安娜和那个受伤的英国轰炸机飞行员腻歪到一起后,感觉有那么点意思了。果然,以后的剧情,进入了我们期待的故事中,那个叫罗伯特的英国轰炸机飞行员受伤后,逃到安娜工作的医院地下室,和德累斯顿的妇女儿童们共同经历了二战中最为惨烈的大轰炸。而这次大轰炸,他刚刚执行过并且现在仍然由他的同胞在执行。安娜以为他是一个德国的逃兵,和未婚夫一起对他进行精心的治疗和护理。当知道真相后,两个人的心已经彼此相连了——爱情的力量究竟有多大?可以抛弃国界,可以抛弃战争,也可以抛弃朝夕相处的恋人,置世间万物于不顾。当这样唯美的爱情放在残酷的战争背景里,其动人心魄的力量便足以让人感动得心痛了。"德累斯顿大轰炸"不过是一个剧情的外壳,真正的故事却是大轰炸的硝烟中人的情感遭际。这个电影的剧情,细细推敲起来有些让人"别扭",真实性也让人怀疑。但是,看完之后,内心还是认可了爱情的崇高。

那么,在遭受如此重创的德累斯顿,又是在原东德的统治下,还会是"易北河畔的佛罗伦萨"吗?其实,凭着德国人的认真和较劲,我不应该怀疑,但我的思维仍旧停留在"耳听为虚,眼见为实"的习惯上。

大巴车从易北河上一座大桥驶过时,朦胧中,我听到有人说,到了。睡意陡然消散,抬眼一看,我们正从一条宽阔的河流上驶过,一艘白色的游轮从桥下缓缓驶出,清澈的河水荡漾着波浪。再看近在眼前的市区,是一幢幢相互混合的哥特、文艺复兴、巴洛克等风格的建筑群,这些建筑群高低错落于河的沿岸——这就是"易北河上的佛罗伦萨"了。

为了更准确地记述那天的感受,我抄录一段那天的日记:

> 我们到达的时间还不到十一时,离吃饭时间还早,导游把我们带到夏宫附近的建筑群去参观,首先看到的是一个大池塘,一泓清水周围都是高大的树木,一群野鸭在池塘里慢悠悠地游动,很享受那里的静谧和安静,似乎对我们唐突的造访不以为然。穿过池塘边的树林,来到夏宫的门前广场。夏宫又叫茨温格皇宫,具有八百多年的历史,是历代萨克森王国家族的居住地。广场左侧是著名的森珀尔歌剧

德累斯顿"阳台"上的建筑

德累斯顿"阳台"上的建筑

德累斯顿瓷砖壁画《王侯图》

JOHANN. ALBERT GEORG.
1854-1873. 1873.

院，正门两侧的雕塑分别是德国两个大文豪歌德和席勒。我在两位文豪的塑像前留了影。歌剧院充分展现了文艺复兴时期的建筑风格，高大、气派、豪华。塔森贝尔格宫在皇宫的右侧，也是精美绝伦，气度非凡。广场正中是一帧勇士骑马塑像，我猜测，可能是茨温格一世吧。这帧塑像和柏林、汉堡的城市塑像风格一致，底座的四周都是精美的浮雕，人物众多，造型逼真，都在完整地讲述一个故事，有的大约和《圣经》有关，有的是讲述这个城市的历史。在广场上流连，呼吸，感受，对整个城市的历史、性格、气息有了大致的感知。而湖边森林里，有的大树出奇地古老，大约和皇宫的年代差不多，三个人都合抱不过来。林中、道边的落叶，正被环卫工人打扫成堆，有几个清洁工人在装车。这是我在德国二十多天第一次看到清扫落叶。据导游介绍，德累斯顿是德国最受欢迎的旅游城市之一，不仅有皇宫，歌剧院也特别多，五十多万人口的城市，有歌剧院三十六家，各种博物馆四十四个，包括历代大师画廊、绿色穹窿珍宝馆、德国卫生博物馆等。德累斯顿还是德国的音乐之都之一，每年都要举办德累斯顿音乐节。简单的参观之后，我们到成吉思汗中餐馆去吃饭。这家餐馆的老板是香港人，和柏林的成吉思汗中餐馆完全是两种不同的风格。

那天的日记，还记录了下午两点在德累斯顿文化与文物保护局，听该局负责人介绍文物保护和文化投入等方面的情况，记了整整三页纸约两千字。这是我们在德国最后一次公务活动。约四时，我们来到著名的"欧洲的阳台"参观游玩。所谓"欧洲的阳台"，就是在易北河岸边，一溜类似于中国城墙的建筑，"阳台"，就是"城墙"的墙顶。我们穿过一条摆放许多张咖啡椅的小街，登上了"欧洲的阳台"，眼前顿时一片开阔，易北河清澈明亮，像长长的飘带，向远方蜿蜒。河面上鸥鸟飞翔，对岸的风光尽收眼底，许多建筑的屋顶掩映在森林中，若隐若现。"阳台"的建筑年代不得而知，长度大约有三四百米。我沿着"阳台"慢慢行走，移步换景般地感受着对岸的风光，居然也能看出不同的变化来。这样的心情也没有什么欣喜，我的脑子中，不断出现的是《德累斯顿大轰炸》里的场景，想像着当年的炮火连天，这里的许多古代建筑在炮声中变成废墟。废墟中，那个即将订婚的德国女护士和英国空军的异国恋情，让我感觉，浪漫的女人总是更容易被陌生男人所吸引。我不想揣测德国人是怎样看待这部电影的。这样一部带有惩戒意味的悲剧，总有一种难以言说的痛和怨。精明的德国人在构思这个故事的时候，想到的肯定是德累斯顿的文化积淀。二战中，被夷为平地的何止德累斯顿。而德国人唯独选择最让他们心痛的文化名城作为背景来讲述这个故事，在我看来，更多的是一种抱怨，一种愁绪。这里没有纳粹，没有集中营，没有党卫军，有的只是妇女和儿童，有的只是人道的救助和不分种族的爱情，但这一切都连同美丽的德累斯顿，一起毁灭在了硝烟和烈火中。

我在"欧洲的阳台"上临河远眺，黄昏渐渐来临，各种式样的建筑呈现出别样的辉煌，名城的厚重亦如脚下的城垛。在我身后更是古朴而浪漫的美术学院，这是德累斯顿三家著名的艺术学院之一（另两个是音乐学院和舞蹈学院）。一位叫维莫尔的先生，给我们详尽介绍了三家艺术学院的风格，她们都是德国乃至欧洲著名的学府。正在我欣赏这所艺术学院的建筑特色时，从学院出来几个美丽的女生，她们有的推着靠在墙边的自行车，有的背着包匆匆而去，看起来和一般的德国少女没有什么区别。但是，最后出来的一个金发少女，在门口点起了一支香烟，那神态，那气质，有一些特殊，真的有点像《德累斯顿大轰炸》里的女主角。不管战争留给人们怎样的伤痛，从德累斯顿人所表现出的对战争的反思、对和平的向往中，我们可以看到未来的希望，正如德国一位政治家所说，战争、破坏、杀戮不应该成为历史的最后答案。

离"阳台"不远处的圣母大教堂，也沐浴在傍晚金色的阳光中。教堂在二战中被完全摧毁，只留下一段断壁残垣，几十年来一直是德累斯顿人心里的痛。直到两德统一后，有人号召要重建大教堂，得到了很多人的响应，全世界五十多万人参与了捐献，其中包括英国等许多当年与德国交战国家的公民。通过十几年的募捐，捐款总额超过了一亿欧元。在重建过程中，许多德累斯顿人捐出了自己收藏的教堂的石块，从1994年开始，施工部门用了11年时间，按照最初的设计图纸并采用最新技术对教堂进行了原貌恢复，才使这座具有二百多年历史的大教堂恢复昔日的风采。我们参观了圣母大教堂，登上了金碧辉煌的塔顶。在教堂前的小广场上，有一段保持原貌的墙基，算是对过去记忆的怀念。但是，恢复的大教堂能治愈战争留下的创伤吗？能抚平德累斯顿人内心的痛苦吗？也许若干年后，从不同视角反映的"德累斯顿大轰炸"，还会出现在多部影视作品中。

在"欧洲的阳台"下，在我们来时途经的小巷里，领队王明珠先生请我们喝啤酒。慢慢品尝德国的黑啤，也像品咂城市的历史。长期以来，德累斯顿都是萨克森王国的都城，拥有数百年的繁荣史和灿烂的文化艺术。在第二次世界大战以前，德累斯顿还是德国照相机、钟表制造和高级食品的生产中心，是德国最发达的工商业城市之一。根据某些标准，德累斯顿是欧洲消费水平最高的城市之一。二战时，德累斯顿并没有重要的军事设施，也不是德国军事工业重镇，盟军实施大规模空袭，更多是一种威慑，是让德国人深度品尝战争之痛的一种手段。

一大杯啤酒喝完之后，我们又去参观举世闻名的瓷砖壁画《王侯图》。《王侯图》壁画在一条不宽的小巷里，长约一百米，是以瓷砖镶嵌画的方式绘就的，壁画高约八米，表现的是萨克森历代君王的骑马图。据导游介绍，整个壁画共使用瓷砖多达两万七千多块，始造于19世纪末，完成于20世纪初，是整座王宫奇迹般躲过二战炮火的少数原物之一。

从阿尔斯特湖到滴滴湖

阿尔斯特湖在汉堡市中心。

我们看到阿尔斯特湖时，已经是黄昏时分了，当时大巴车正从岸边经过，从车窗望出去，窗外落着绵密的细雨，湖面幽暗，周围的街灯忽明忽暗地照着湖面，看不出湖的真实面目，不过湖岸的建筑，那些尖尖的塔顶和不同造型的屋脊，在黄昏中显得十分好看。有人已经捺不住地说，真是好地方，明早过来散步。

可第二天一早，雨势渐大，风也凛冽，一副初冬寒冷的景象，散步是不可能了。在宾馆用完早餐后，我们集体乘车出发，不久，大巴车在湖的附近停下来，让大家下车去湖边游玩。

此时的天气更是阴冷异常，风也很大，雨水抽在脸上冰冷得有些凌厉。可能是休息日的缘故吧，我们穿行的街巷里空无一人，撑开的伞常被风吹得变了形。待经过一个广场时，有一个穿雨衣的瘦子警察（保安）拦住了我们，说前边正在拍电影，让我们稍等两分钟。我们一伙人便聚集在一个门廊下，避风躲雨。不知道别人怎么样，反正我是缩着脑袋跺着双脚，自己给自己取暖。想着这阿尔斯特湖有什么好看的呢？非要在这样恶劣的天气里造访？又一想，既然来了，不看也是白不看，毕竟也是异国的湖泊嘛，何况这个湖是在闻名遐迩的

天鹅湖边的森林里

滴滴湖停泊的游艇

滴滴湖边手工艺商店

滴滴湖边的建筑

天鹅湖里戏水的天鹅

阿尔斯特湖岸边的建筑

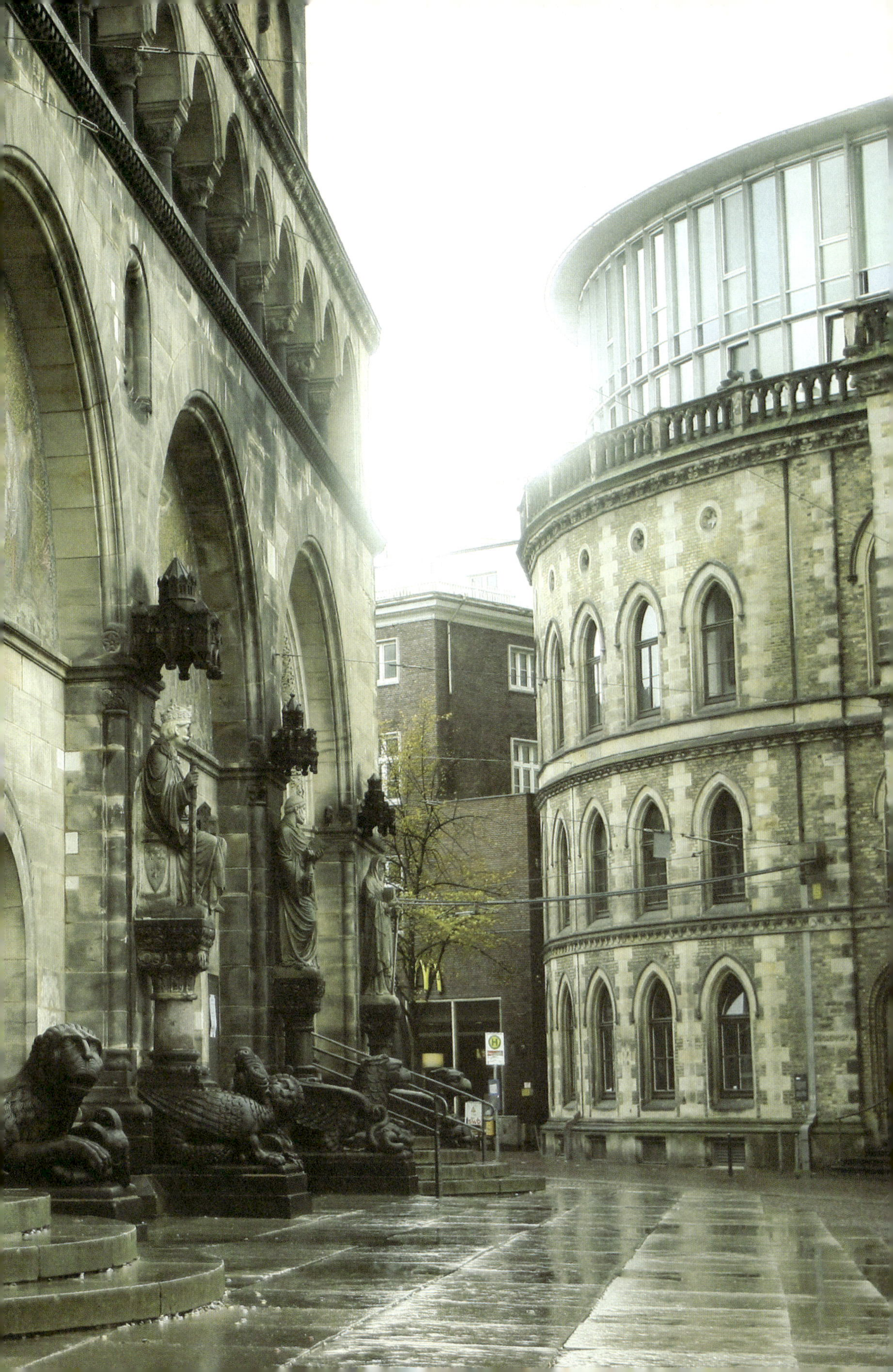

汉堡市内呢。这样想着，心里略有释然。不到两分钟，瘦警察就跟我们招手，允许我们通过了。广场虽然不大，却很空旷。我们从一座桥上经过，看到桥下的河水里有几只天鹅，还有几只说不上名字的鸟，对于乍冷的天气，鸟和我们一样似乎有些不太适应，我给它们照了几张照片。隔着广场，就是阿尔斯特湖了。走到湖边，顺着石阶下去，湖水和岸上，有许多种鸟，有人拿出巧克力逗天鹅，那几只天鹅也不认生，立即围了过来，抢着吃。我看到荡漾着波浪的湖水，还算清澈，细密的雨丝在湖面上飘洒，浓郁的水汽在我们四周萦绕，远处的建筑经过雨水洗涤后，格外的清亮。这样，也算是近距离感知了阿尔斯特湖了。至于天鹅、野鸭、大雁，能在市中心，能在它们的栖息地，在凄风冷雨中，安然若素地迎接我们，也算是给足了面子。有人撩一下湖水，感叹说，这湖水怎就这么清呢？你看看湖面上，没有一点漂浮的垃圾，真是怪了。此话说得有些问题，湖水本来就是清澈的，变得浑浊，散发出恶臭，才是不正常，才真是怪了。见不怪而怪，还得从自身找找原因。

在慕尼黑的奥林匹克公园里，也有一处湖泊，湖水里养着一辆"米利"小轿车，在我见过的广告中，这算是别出心裁了。湖岸边是起伏的种满草地的山坡，好几群大雁在草地上安闲地吃草，我们不少人都以大雁为背景拍照。大雁对这样的阵势也是见怪不怪，对我们的惊扰不为所动。

天鹅湖是我见到的几个湖泊中最冷峻也是最浪漫的湖。站在湖边，可以看到不远处的新天鹅堡白色的楼群。眼睛从宽阔的湖面上掠过，眺望远方，是一层层美丽的自然景观，近处是染尽秋色的森林，起伏地连绵着黛色的山体，后边是白皑皑的雪山，白象一样逶迤而去，最后是深蓝色的天际，层层叠叠地映衬着平静的湖泊。天鹅湖的美，主要特点就是静，湖水是静的，湖边的森林是静的，在巍峨的阿尔卑斯山的怀抱中，静，成为天鹅湖的象征，就连湖水里游动的白天鹅，也像少女一样静谧而羞涩。为什么有这样的印象，我也不知道，也许这只是我当时的心情吧。

滴滴湖的发音有些问题，严格的音译，应该叫"踢踢湖"或"剔剔湖"，可能是"踢"和"剔"都不够美吧，才找一个近音字，叫滴滴湖了。我们到达滴滴湖那天，也是个难得的好天气，加上德国本身的空气透明清澈，大家的心情也大爽。滴滴湖的四周被群山环抱，山上清一色的都是黑色的森林，所以这一带也叫黑森林地区。站立湖边，放眼望去，遍山都是黑压压的树林，如果侧耳细听，说不定能听到林中的鸟鸣。十月底已过了旅游旺季，滴滴湖并没有想像中的那么多人，相反，湖边的街道和林海中，还有些冷清。湖里的游船也不多，大多泊在简易码头上，只在靠近远山下的湖面上，有一只小小的游艇，在湖面上划开一条白色的线。沿岸的丛林中，有不少别墅。别墅也不大，都是两三层的样子，长得却千差万别，每一幢别墅都有自己的个性，都是主人根据自己的喜好建造的。不过，现在的滴滴湖边，已经禁止任何建筑了，整个湖泊和周围的山体、森林、建筑，都在保护范围，湖里也禁止养殖和垂钓。所以，滴滴湖的湖水特别清澈，清风从湖面吹来，我们仿佛能感受到湖水的清冷和甘甜。湖边隔着一条小街，就是一家纪念品商店，店里有卖各种造型的布谷鸟钟，我们到楼下的地下室参观了制钟的过程。工匠们介绍说布谷鸟钟全部采用山上的杉木，它的内部有齿轮装置，每到半点或整点，钟的上方有一个小木门就会自动打开，出现一只可爱的布谷鸟，向主人报时，"咕咕"的叫声特别好听。参观结束后，我们在湖边啤酒摊上小坐，一边喝着啤酒，一边欣赏着滴滴湖畔的美景，任太阳照射在我们的身上……

从德国的法兰克福开始，到柏林、汉堡、慕尼黑，一路走来，看过好几个湖泊，每个湖泊既有共性，又有个性，我最喜欢的还是波茨坦的少女湖和新天鹅堡的天鹅湖，这两个湖泊带给我们的想像都像童话一般迷人。

法兰克福逛书店

到了法兰克福，我们才有时间在市中心放松地闲逛。因为法兰克福是我们这次德国之行的终点站，时间都由自己安排了，既没有赶路的疲劳，也没有公务的繁忙——虽然只有短短的两天时间。

其实，法兰克福也是我们这次德国之行的第一站，10月15日我们就是从这里转机去柏林的，当时是夜间，没有办法领略法兰克福的风采，只从飞机上看看灯光烂漫的城市夜景，印象极其淡薄。

法兰克福虽然不大，但这里一年一度的法兰克福书展却是全世界闻名的。到2010年已经成功举办了62届，书展从10月5日开始，到10日结束，据说是盛况空前。中国文化产品也很受欢迎，出版社就来了百余家，又是研讨，又是交流，又是招待，又是酒会，当然也少不了谈判。报纸新闻说，版权输出达到2685项，版权引进1029项，贸易金额更是达到千万美元。可惜我们没有赶上书展，不然也可去淘几本书了。

虽然没赶上法兰克福书展，但是这里的书香氛围却十分的浓郁。11月3日上午，我们又来到市中心的公平女神广场，许多人都去"补仓"了，我和广陵书社的曾学文先生以及南师大蔡道通教授没有什么东西可补，只好再次去逛书店。

德国法兰克福书展

法兰克福广场上的公平女神雕像

围绕公平女神广场的几条街，虽然也算是法兰克福的商业中心，却并不像我们想像的那般热闹和繁华，更不像我国商业区那样的人山人海。我们漫步在街道上，对于那些服饰、手表等专卖店毫无兴趣，只要见到书店，就二话不说地钻了进去。曾学文是搞出版的，蔡道通也是书迷，我们三人可谓是臭味相投了，虽然不一定买书，有些书也不一定看得懂，但翻翻书，站站，看看，感受一下，做一种思想上的分享，也是美事一桩。书里呈现的，仿佛永远是心灵的一块净土，永远是高深莫测的学问，其意味，用语言真的是无法描述。

　　法兰克福的书店里，人都很少，一两个顾客是常见的，三四个顾客就算多的了。我们走进一家规模在中等水准的书店，书店里只有收银员一个人，她很胖，伏在收银台上的电脑前工作，看我们进来了，也只是给了一个笑脸。我们在摆放整齐的书架前随手翻看，又绕着书架走一圈，虽然都是德文，也能分辨出来哪些书是纯文学的，哪些书是通俗流行读物，特别是那些悬疑、惊险、恐怖小说，仅从封面上就可略知一二。连续逛了几家书店，也摸出了一些门道，即有的是专业书店，以建筑为主的，以艺术为主的，以流行杂志为主的。还有就是上面说的那个胖女人经营的综合类书店。从营业员（也许就是店主）的神态上看，他们都很从容不迫，并不指望门庭若市，财源滚滚，开书店玩的也是一种心情吧。

　　我们在街上徜徉，漫不经心地闲逛，也许并没有刻意去寻找书店。但书店总会在不经意的小街口或拐角处出现，招呼我们，让我们的脚步，不自觉地拐了进去。这些书店的特色也不见得有多么的突出，但似乎都有自己的个性。巧的是，我们还逛了一家旧书店。这家旧书店的门面普通，面积却不小。书店里的书，和我国旧书店差不多，五花八门什么都有，新旧程度也不一样，有的旧得不像样子了，去头掉尾的，硬面壳发黄，书边卷页，却更显出书的品质和高贵；有的虽有十成新，年代却很久远，让你想不出这些书的旧主人是如何保管的。翻着这些旧书，眼睛在字里行间游走，图的无非就是个情趣，心里面除了惬意和满足外,还有一种和旧书主人交流的快乐。我拿了几册硬装的书,翻着,有的旧书的扉页上有原作者的签名,有的粘有藏书票,有的还在书页的天头地脚写上密密麻麻的读后心得。书的定价是用铅笔写在扉页上的,三块、四块的都有,有一册大厚书,硬面精装,很华丽,售价十欧元,看似是不贵,可一换算成人民币,就很贵了。我试图在这里找到汉语书,或有中文签名的书,但未能如愿,倒是看到一些英文书。有一本厚书上,扉页上有深浅两种不同笔迹的签名,可能是不同时期分藏于两人吧。书中有几幅彩色插画,从画面上推测,这应该是一本文学作品集。对于藏书爱好者来说,签名本都是极其珍贵的。想必书店老板也知道,这本书的定价是15欧元。曾学文在这家旧书店看书入迷,站在书架前久久不肯离去,莫非他脑海里正在筹划着一本关于旧书店的书吗?

绕着公平女神广场的这几条街并不长,每条二三百米长的街巷上都有至少两家书店。也就是说,在短短的两三个小时的闲逛中,我们大约只走了一千米吧,却逛了十几家书店,还不包括一家画店。这家画店有也特色,门脸不起眼,橱窗也不招摇。我们一进门,门铃就"叮咚"响了——这是一种装置,告诉主人,有客人来了。果然,从隔间的一个画室里,出来一位男士,跟我们招呼问好,示意我们随意看。画店很大,有里外套间,以油画为主,也有水彩画。传统的,现代的,古典的,先锋的画作都有,售价较高,比如一幅一米见方的风景油画,标价500欧元。大多数作品都在二三百欧元左右。这里也有很多画册销售,画册也是书的一种。所以这家画店也是书店。我翻着这些画册,对一本风景油画产生了兴趣,定价不贵,3.5欧元,相当于一包低档香烟的价,我终于松了腰包,买下了。

我不知道法兰克福是否有一条专门的书店街。即使没有,仅从公平女神广场附近这些书店也可看出,法兰克福的书香氛围真浓啊。一个城市可以没有工业,商业也未见得需要多么发达,但长街拐角处没有书店,那才是最可怕的。

黑城门周围

到达特里尔是下午四时五十分。本来是有时间逛逛街市的，导游固执地安排我们去看黑城门。有人跟导游提出建议（或是抗议），不要老看那些大家耳熟能详的景点，看看能够反映当地人日常生活的地方，跳蚤市场啊，森林绿地啊，找一块草皮踢踢球啊，哪怕去博物馆，也比一窝蜂去大家都去过的地方有趣味。但是，组织方请的这个华人导游有些固执，这家伙自以为是的表情十分让人生厌，还时常不懂装懂地"导"几句，不需要拿主意时，乱拿主意，需要他拿主意时，又没了主意——抑或是他只知道导游手册上的那几个地方——黑城门还是来了。由于身体不适，加上天气阴沉，初一看这个宝贝，想到的几个词是腐烂、荒僻、陈旧和乌烟瘴气，但也可以用结实、古朴、庄重来形容。

关于这个黑城门，委实是有些历史的，它与古罗马帝国有密切关联。追溯一下，黑城门建于公元二世纪。众所周知，当年的罗马帝国，是世界上人口仅次于中国的第二大国家，势力范围一直到阿尔卑斯山以北，可谓地广人稠，气象宏伟。不知如何的心血来潮，罗马大帝用手一圈，要在位于摩泽尔河中游河谷的一段宽阔处，建立一座旷世都城（也可能是居点）。于是，罗马动用了当时能动用的一切力量，修筑了一条6500米长的城墙，城墙内又依势修建了各种建筑——这就是特里尔城。现存的黑城门，就是当年特里尔城的北门。

黑城门的学名叫"尼格拉城门"。为什么叫黑城门呢？有人认为，砌建城门

黑城门附近的建筑

的巨石含有某种矿物质，历经时间的风化和雨雪的侵蚀，岩石中的矿物质渗透了出来，日久天长，就成黑色的了。我们现在看到黑城门，整体宽达36米，纵深23米，高30米，相当于十层楼的高度。就像大部分古代遗迹都有别名一样，黑城门又叫"大黑门"和"战神之门"，前者还是根据形，后者就有些神的意味了，或前者是形而上，后者是形而下吧。其实，黑城门除了以颜色命名外，我更相信另一层意思：传说，在12世纪，特雷维尔人从这座城门下出门远征，经过浴血奋战，还是失败而归，当然也是从这座城门逃回城内的。从此，城门就有了悲伤情调而一直"黑"到现代。

此时，黑城门又迎来了一群来自东方的旅行者，阴沉的天空潮湿而昏暗，黑城门破败的残垣断壁下，是现代人的喧动——我们是来温故还是消闲，已经不重要了。重要的是我们来过这里，瞻仰了它绝世的风采。

走近了才发现，城门的石头真是太大了，据说最重的一块石头达六吨之重。由于古代没有水泥扣缝，在一些需要加固的地方，石头和石头之间用铁链相接。但城门的石头还是破损严重，破损处被不同颜色的巨石所修补，其协调性略差一些了，就像旧裤上的新补丁。

在城门下，我看到一个当地人男人，带着两个女孩在拍照，两个女孩都在八九岁左右，都穿红色的上衣、嵌花的牛仔裤。她们在城门下摆出各种造型，十分可爱。这些鲜活、美丽的生命和古老的城门形成对比，似乎用一种独特的视角在追怀与审视过去，并为当下的生存与未来的发展提供绝妙的参照。

离集合时间还早，我在附近转了转，看看冷寂的街景，看看一幢幢个性鲜明的房舍。在黑城门对面，隔一条马路，有一幢也很古老的房子，这幢两层的房子窗户不大，墙壁经过多年风吹雨淋和岁月洗礼，显得有些沧桑，但却透出某种特别的俊朗、明快和清新。房子既简朴实用，又有别致造型。我默想着，墙壁上的每一块砖，都有一段值得书写的历史吧，那么，谁拥有了这座房子，谁就拥有了历史。中国的老房子，都能讲出一套一套的陈旧故事，代表着人文的兴衰和历史的演进。这些老房子想必也是同样的道理吧。

转过一个整洁、清冷的街角，是一个不大的小广场。

在德国旅行的二十多天里，像这样的小广场每个城市都有无数个。目前我注视的小广场和别的广场大同小异，方块石铺地，周围有参天的大树，大树下是两三层高的小楼。和别的广场中央以塑像为主基调不同的是，这里是一个音乐喷泉。喷泉边没有别人，只有我一个异乡的听众。长椅上空空的，有一片蜡黄的树叶静静地躺在上面。我悄悄地坐下来，捡起那片心形的树叶，听着喷泉的歌，仿佛自己就是这里的主人了，尽管只是暂时的，几十分钟，或者只有几分钟。但是，片刻的拥有，也让我心情惬意，突然觉得日子年轻而俏丽。

广场周围有几条不宽的路，长长的一眼望不到头，路上也无行人，车辆停在街边。要不是怕和旅伴们走失，我真想顺着一条路慢慢走一段，轻轻踢着路上的落叶，听枝头的鸟鸣，看路边窗户里探出来的一束束花草。

我沿着广场的周围走一圈。蓦然发现，在一条长椅上坐着一个姑娘——这是我没有想到的，她是刚来的吗？还是一直就坐在这里？为什么刚才没有看到？还以为就我一个人呢。她在抽烟。我从她面前经过时，她不经意地看我一眼，她的眼睛是蓝色的，读不懂是什么眼神，没有好奇，也没有惊异，淡漠的，似有若无的。但是我还是看清了她的面貌，不是顶漂亮，高而秀的鼻梁边和眼下，有无数个细密的雀斑，她没有化妆，穿一条裙子，脚上是齐膝的长靴。在她身旁，放一只拎包，包上是一本书和一瓶饮料。书是打开的，可见她刚才正在看书，可能需要思考吧。也可能是小憩一下，才悄悄抽支烟的。从她身边经过时，我的第一感觉，她不太像是一个旅行者，应该是个大学生，也可能家住附近。

本来毫不出奇的小广场，因为喷泉和少女，显得美丽异常，显得青春无限，不禁让我想起无数个萍水相逢的白天或晚上，那些陌生而熟悉的场景，那些温柔、如霜的月光……是啊，天渐渐暗了，黄昏来临，小广场上越发的安静，越发的让人流连。

黑城门下游玩的人群

"现代艺术街"现场

"现代艺术街"是我给它的命名,真实名称叫什么,已经记不清了。翻译兼导游陈泱女士也是临时动议,带我们到这里来的。当时,大巴车正从这里经过,陈泱女士拿起话筒,操一口地道的普通话说:"在我们左边的这幢建筑,是柏林年轻人常来的地方,这里可以说是一个现代艺术的基地,有许多前卫艺术家在这里都有自己的工作室或艺术展示,大家要是有兴趣,可以下来看看。"

兴趣当然有啊,而且这座被修修补补变得花里胡哨的建筑,也让人好奇。果然,陈女士又介绍了,说这幢建筑二战前原属于一个犹太人,二战中被盟军轰炸,毁坏相当严重。二战后因为缺钱而没有重修。上世纪七八十年代,这里被一群前卫艺术家占据,作为根据地来创作和展示自己的艺术成果。东西德统一后,艺术家们在这里更有了展示才华的机会,他们的作品已经得到了主流艺术界的认可,不少作品还进入了德国的各大现代艺术馆。但同时,他们也面临着生存的压力。主要原因是,这里的破败和荒凉,已经和现代城市的发展合不上拍,需要拆除重建。但是,已经进驻这里多年并把这里当作创作基地的艺术家们,并不想走,他们觉得这里的环境和气质,已经融进了他们的艺术精神。这样,艺术家们举行了多次的示威游行,甚至和政府发生对峙,目的就要是保住他们的创作空间和艺术自由。最终,这场对峙还是以艺术家们的胜利而告终,这幢建筑得以维持现状。

我们参观时已近黄昏，城市在特别闲适的色彩中近于安静。我们一进入现场，就被一种怪异的艺术气场所感染。整个现场不大，也不小，包括那块自然"河谷"，有三四个篮球场那么大吧，但却显得特别拥挤，各种艺术品摆在院子里，有一辆破汽车，样式有些像我国七十年代跑在农村公路上的那种"票车"，只剩一个壳子了，上面涂上乱七八糟的图案；一辆拖拉机头，也被涂脂抹粉一番，在它身边，靠着几块高速公路的护栏板。这件艺术品，我猜测，是高速公路淘汰了旧有的运输工具，突出了"时间"的概念；还有用一条条锈迹斑斑的破铁皮焊制的一堆火苗，熊熊的大火正在燃烧；有一个用生锈旧铁器焊制的人型物体；一顶用各种形状的废铁器件制作的巨大的皇冠……各种艺术品还有很多，我的感觉，就像我小时候在一个乡村集镇上的废品收购站后院里看到的景象一样，堆的到处都是破烂，一堆白煞煞的骨头，一破麻袋头发，一堆苍蝇纷飞的猪毛，一堆大小各异的臭胶鞋，墙根一排朽烂的木箱里，更有奇形怪状的铜、锡、铝、铅等贵重金属为材料的旧器皿，更为惊人的是，斑驳的墙上还订着一张张狗皮、猫皮、黄鼠狼皮，所有这些破烂堆集在一个杂草丛深的旧大院里，发出怪异的气味。如今，这些破烂已经从上世纪七十年代的中国乡村，转移到如今现代化的德国了，除了动物的皮毛没有，这里的破和烂，可以说和那家乡村收购站的景象有过之而无不及。

我不知道先锋艺术发轫于何时、何地。我只知道，在1917年的某天，有一个叫马歇尔·杜尚的艺术家，把在市场上淘到的一个小便器，取名为《泉》，送到某艺术机构展览时，获得了轰动的效应，由此开创了颠覆传统艺术理论与思想观念的先河。人们开始重新审视艺术，重新审视艺术的功能，并开始对艺术有了多重的界定。不久之后，还是这个杜尚，帮助另一位现代主义大师萨尔瓦多·达利完成了举世震惊的《带抽屉的米罗维纳斯》。这帧雕塑的象征意义多于现实意义。用今天的眼光来看，两位艺术家走到一起并成为朋友并不奇怪，因

一辆旧车棚制作的艺术品

正在工作的艺术家

这也是艺术品？

灯光效果的艺术现场

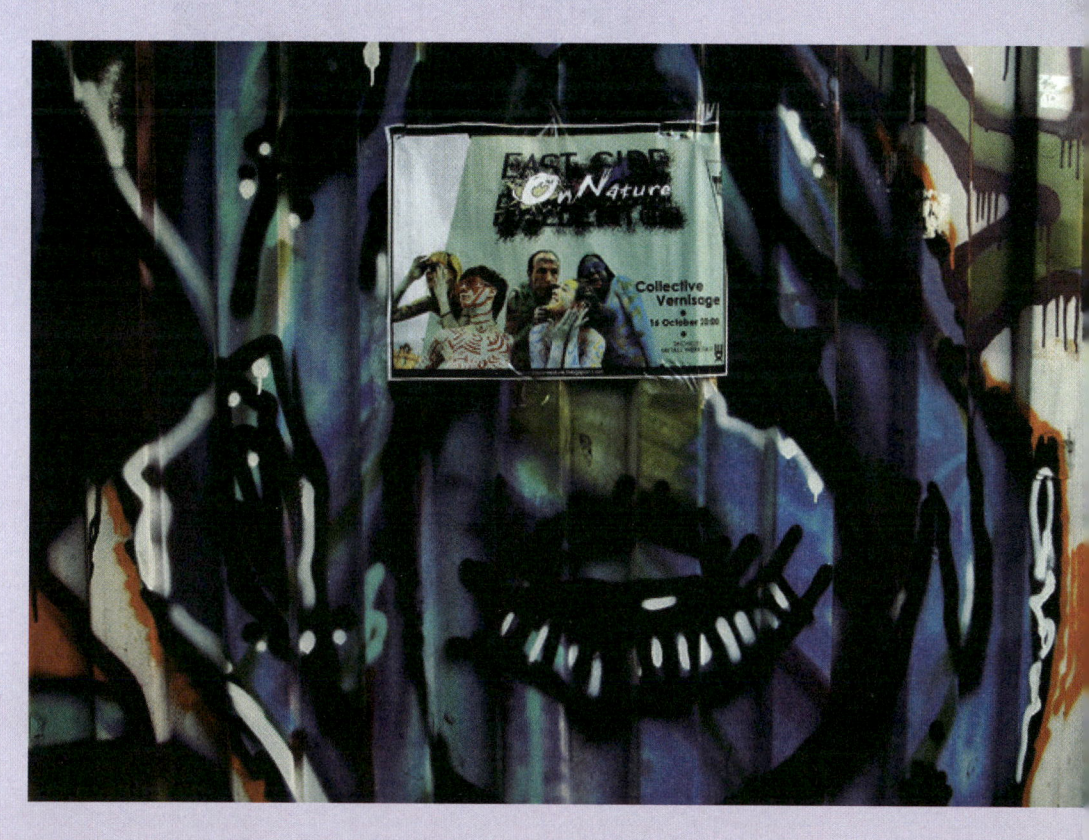

垃圾制作的艺术品

为他们都坚信，作品体现的观念，远比形式更重要。或许是受这幅雕塑的影响，达利又完成了另一幅更为惊悚的《人体抽屉》。面对这幅作品时，观赏者发现，它既不是完整的人体，也不是用来装物的抽屉。"抽屉"在"人体"的胸和腰部，共有五个，都呈半打开状态。当我们站在这幅作品前，该怎样去欣赏呢？这当然取决于我们是以什么样的思想和视觉来切入、判断，以此得出它意味着什么，或表现着什么。经过时间的考验，这部作品已经被越来越多的艺术家所接受，原因是，它并不是无厘头之作，而是在宏大的文化背景下创作的，画中的人物来自巴洛克时代的画家巴赫西尼的《奇想》，达利把巴赫西尼的人体抽屉变成弗洛伊德精神分析的一个隐喻。在这里，是病人清空自己的欲望、思想，还是清空自己的病痛、伤口，或者，反过来说，是重新吸纳欲望和思想，还是吸纳病痛和伤口。当然，每一个观赏者会有自己的欣赏视角，而得到的感悟也是不一样的。

我们在"现代艺术街"现场参观，面临的也是完全不同的艺术冲击。在普通人看来，一件平凡的物件，艺术家都可以拿来做成艺术品；一件普通的物件，都可以体现它的艺术价值。我见到一个现场创作的艺术家，他个子不高，也就一米五几吧，在他搭建的工作室前的一堆艺术品中间，正在聚精会神地创作。他是在一把带柄的铁锹上，又焊接上一把铁锹。正常人看来这有些多此一举。但是两把呈直角的锹头，我的猜测是，它们代表的，应该是两种不同的身份和功能，表达的含意也是完全不同的。一件物品，是否是艺术品，并不是取决于它本身的材质和功能，而在于一种体制，体制能使一件普通的物件，变成一件惊世骇俗的艺术品。所以，对日常生活中司空见惯的铁锹，我充满敬意。同时，我对面前这个满脸胡须、戴一顶脏兮兮帽子的艺术家，也用一种敬仰之情来欣赏他，他正用砂纸打磨被染上绿色的艺术品。紫砂艺术大师吕俊杰先生举起相机，欲拍下他创作现场，他用手势来制止。吕大师灵机一动，说："我是中国的凡高，你是德国的凡高。"还向他竖起大拇指。这下他高兴了，还摆着造型，给吕大师拍了几张。这当然是花絮了。可见，任何国家，任何群体，都是喜欢听恭维话的。

"艺术街"现场还有许多搭建的棚屋，这些棚屋，什么材料的都有，有铁皮的，木头的，水泥板的，大多是些混合材料。棚屋里有的是艺术装置的展示，有的是艺术品的展示。这些展示，有的是雕塑式的，有的是绘画式的，更多的是混合式，个别的还配以音响和灯光，在身临其境中，能切实地感受到艺术家们带给我们的艺术的冲击。在观赏这些作品时，我想，如何对他们的作品加以判断，加以理解，他们的作品，是因为太丑而美，还是因为太美而丑。或者，它们是因为太过恐怖才成为天才之作，还是因为本身就是天才之作才成为艺术。我知道这样的思考毫无意义。我只知道，他们都是迷恋艺术的纯粹的艺术家，他们的作品也是纯粹的作品。这些作品的力量，不仅来自艺术本身，其实在某些意义上，既来自于敢于想像，也挑战了固有的个人的智慧，既超越了观赏者，也超越了作者。因此，他们（艺术家）和它们（艺术品），都是崇高的和不可复制的。

勃兰登堡门留影

朱自清先生的游记名篇《欧游杂记》里，有一篇《柏林》，文中有一段关于勃兰登堡门的描写："勃朗登堡门和巴黎的凯旋门一样，也是纪功的。建筑在18世纪末年，有点仿雅曲奈昔克里司门的式样。高66英寸，宽68码半，两边各有六根多力克式柱子。顶上是站在驷马车里的胜利女神像，雄伟庄严，表现出德意志国都的神采。那神像在1807年被拿破仑当作胜利品带走，但七年后又让德国的队伍带回来了。"这段文字描述的很清楚了，只是"勃朗登堡门"，如今已通译作"勃兰登堡门"，"表现出德意志国都的神采"，如今又加上了"德国统一的象征"的含义。

在柏林的一周里，我们数次从勃兰登堡门前走过，导游兼翻译小刘常在车子上，指着大街上一道浅浅的痕迹告诉我们，这个印子，是当年拆除柏林墙时留下的。当年的柏林墙就在勃兰登堡门前的大街上。事实上勃兰登堡门就是东西柏林的分界线，也是东西德的分界线，还是冷战时期东西方阵营的分界线。放在柏林来讲，门的那边是西柏林，门的这边就是东柏林了，一个完整的城市，就这样因为政治利益而被一分为二。

第一次去勃兰登堡门，正飘扬着冷寂的秋雨，天气异常寒冷，刚刚从南京温暖的太阳下，赶到万里之外的异国，一时还没有适应这样的寒流。我穿着保

游客在勃兰登堡门的留影

暖的冬衣还不时地瑟瑟发抖。但勃兰登堡门不能不看。我跟着队伍，缩着脖子，从国会大厦一路急走，拐过一个弯，来到位于菩提树大街和6月17日大街的交汇处，看到的是一幢灰色的建筑，可能是过于贴近或角度不同吧，并没感到勃兰登堡门有多么的宏伟、壮观，倒是几根粗大的廊柱，给人以沉实、厚重之感。我们一群人从不同的通道进入，然后，大家就从不同的角度拍照。

在广场上，我看到两个英俊的德国青年，分别穿着二战期间的美军军服和苏联红军军服，每人手里持一面大旗，来招揽游人和他们拍照。他们的生意还不错，客人有中东模样的游人，也有不少黑人，更多的是当地人。由于今天是星期六，不少都是一家三口出来玩的，孩子们也许是看着新奇吧，纷纷跑上来，和两个青年合影。两个德国青年也配合游人，摆出各种造型，搞怪的，庄严的，做出胜利手势的，逗得游人很开心。我们队伍里的锡剧表演艺术家陈云霞女士也花了一欧元，上去和他们合了好几张影。两个德国青年也许很少见到这样的东方美女吧，更是卖力地摆着造型，又是夸张，又是搞笑，还拿一顶苏联红军军帽给陈云霞戴上。我也拿出相机，抢拍了几张他们的合影。有意思的是，穿美军军服的青年手持的并不是美军军旗，而是一面美国国旗，而另一个身穿苏联红军军服的青年更是离谱，手持的旗帜不但不是红军军旗，也不是苏联国旗，而是一面德国国旗。

广场虽然不大，却很有特点，都是一块块十厘米见方的石块铺成的，有规则地铺出一些花纹来，有的是花叶型，有的是放射型。广场上游人不少，如果不是气温低又落着绵绵细雨，说不定人会更多的。

导游小刘给我们简单介绍了勃兰登堡门的历史，于是我们知道，这座门的雏形，并不是现在这种样子的，而是用两个巨大的石柱支撑起来的简陋的石头门，是普鲁士国王弗里德利希·威廉一世定都柏林时，下令修建的，当时共修了14座城门，这座城门之所以命名"勃兰登"，是因为国王家族的发祥地在勃兰登。

但是这座简陋的城门存在的时间不长，几十年以后吧，威廉二世统一德意

勃兰登堡门

勃兰登堡门内侧的广场

志帝国后，正如朱自清先生所说的，为了庆功，重建了勃兰登堡门。

小刘介绍到这里，问我们："你们刚才是从哪个门进来的？"

回答也是五花八门。

小刘说："应该从中间的门进来，因为在古时候，只有皇族成员才能从正中的门通行，表示尊贵和身份。为使此门更加辉煌和壮丽，当时有一个叫戈特弗里德·沙多的著名雕塑家又为此门顶端设计了一套青铜装饰雕像：四匹飞驰的骏马拉着一辆双轮战车，战车上站着一位背插双翅的女神，她一手执杖一手提辔，一只展翅欲飞的普鲁士飞鹰立在女神手执的饰有月桂花环的权杖上。重建完成后，就把此门命名为和平之门，战车上的女神被称为"和平女神"。到了1806年10月普法战争爆发，法国将军拿破仑率领法军打败普鲁士军队。同年10月23日法国军队穿过勃兰登堡门进入柏林，拿破仑为了显示自己的功劳，下令拆卸门顶上的女神及驷马战车作为战利品拉回巴黎。但是到了1814年，欧洲同盟军在滑铁卢大败拿破仑后，普鲁士人又将女神及驷马战车抢了回来，重新安放在勃兰登堡门的门顶上。为此，德国著名雕刻家申克尔又雕刻了一枚象征普鲁士民族解放战争胜利的铁十字架，镶在女神的月桂花环中。从此，"和平女神"被改称为"胜利女神"，此门也逐渐成为德意志帝国的象征。第二次世界大战中，勃兰登堡门被苏联红军炸的破败不堪，门顶上的女神及驷马战车都被炸毁，苏联红军正是穿过此门，攻克了希特勒的地堡和国会大厦的。后来，德意志民主共和国成立后，曾全面修复勃兰登堡门。1989年12月31日，两德重新统一前夕，勃兰登堡门重新开放。1992年，再一次经过维修，就成了现在的样子。"

通过小刘的介绍，我们这才约略知道了勃兰登堡门的历史。不少人也因此重新站在勃兰登堡门的中门留影纪念。

在离开勃兰登堡门，赶往菩提树大街时，我也从中门走了出来，感觉自己并没有像皇室成员那样的尊贵，四周依然是飘扬的冷雨和嗖嗖的寒风。

布吕肯街十号

要说对特里尔的不陌生，恐怕得归功于马克思——特里尔是马克思的故乡。

布吕肯街是一条狭长的小街。对于普通的欧洲人来说，布吕肯街，布吕肯街十号，布吕肯街十号里诞生的马克思，这几个相关的元素，怕是没有几个人知道。要是说黑城门，那基本上可以说是家喻户晓人人皆知了。

沿着窄而长的小街，我们去朝圣马克思（故居）。

其实，马克思一家在布吕肯街十号里只住了一年半。由于马克思的出生是在他家搬来以后，实打实算一下，马克思本人居住的时间连一年半也没有。

这让我想起出生于连云港市东海县城（现海州区）的文学家、教育家朱自清，他是到五岁那年，才随着父母离开生养他的故乡搬到扬州定居的。但是，在连云港，已经找不到朱自清的故居了。若干年前，就是有识之士提出要恢复朱自清故居的原貌，让这位先贤的笑貌英容重回生养他的故乡。但，无人理会。说不出是什么理由，也没有人说出理由。我揣想，这点小事，可能与当权者的政绩没有联系吧。其实，朱自清之于中国人，远比马克思之于德国人要亲近得多，也知名得多。但是德国人对于名人故居的保护和利用，实在是值得我们借鉴的。

马克思故居，是一所普通的临街小楼，我们走了二十几分钟，又向几个当

马克思故居内的展厅

China

China, das bevölkerungsreichste Land der Welt, löste sich unter Führung Mao Zedongs vom sowjetischen Modell und beschritt einen eigenen Weg des Marxismus (Maoismus). Nicht die Industriearbeiter standen dabei im Mittelpunkt von Ideologie und Politik, sondern die bäuerlichen Massen. Mao Zedongs Partisanenkrieg und seine Kriegstaktik machten das chinesische Modell neben der kubanischen Revolution für revolutionäre Bewegungen der südlichen Halbkugel attraktiv. Die 1966 begonnene und etwa zehnjährige »Kulturrevolution« mit ihren Gewaltexzessen stürzte das Land in ein zerstörerisches Chaos und erschütterte es in seinen gesellschaftlichen Grundfesten. Beginnend mit Deng Xiaoping sucht die chinesische Führung nach einer Verbindung von liberalisierter Wirtschaft und weiterhin geltender Vorherrschaft der allein regierenden Partei.

Südostasien

In Südostasien verschmolzen...

地人打听，大多数人都不知道。一开始我们怀疑打听的不是当地人，后来才感觉，人家真的是不知道。接着又怀疑我们穿越的小街不是布吕肯街，得到的回答是肯定的。那就找十号吧。好在阿拉伯数字我们都认识，从大号往下数，一路狂奔下去，十号，到了。大家都松一口气。

布吕肯街十号是一幢灰白色的三层小楼，淡黄的粉墙，棕色的门楣，临街的门和窗没有特别的标记，只有一块不起眼的小牌牌在门的左侧墙上。这种建筑在德国莱茵地区十分普遍，就像我国江南古镇上的平房，可以说有特色，也可以说没有什么特色。资料记载，这幢房子建于1727年。1818年马克思的父亲租用了这所房子，在楼下开一间律师事务所，楼上住着他们一家。同年的5月，马克思出生在这里。从搬来到搬走，也就短短的一年半时间。婴儿时期的马克思，对他的出生地是一点印象也没有了。以后的许多年，这幢房子几异其主，到1928年，这里开了一家铁器店。德国的社会民主党找到了这幢房子，花了近十万块钱（马克），从私人手中买了下来，将其改造成马克思、恩格斯纪念馆。

我们现在看到的纪念馆，是经过1947年重新改造的。因为此前的纪念馆被纳粹没收了，许多珍贵的文物也遭到洗劫。

纪念馆房间都不大，一楼的布局较为琐碎，有点像杂货铺，进门是一个柜台，存放一些关于故居的照片和资料，有的资料可以任意领取，有的资料则要花钱买。柜台内有两个服务员，都是女性，忙于手里的工作，对我们的到来漠然置之。有一个男性保安，也是冷冷地看着我们。

楼梯和普通住宅一样，藏在不引人注意的拐角，要找一下才能发现。来看展览的人不多，可以说除了我们这个团，还没有别人。事实上，马克思故居纪念馆每年接待的游客，绝大部分也是来自中国大陆。这种状况我是可以理解的。

在各层参观时，我走马观花地跑了一圈，印象最深的是带有中国元素的一个展厅，展出的是中国共产党革命的全过程，以图示的形式，从一大会议，到井冈山根据地、长征、新中国成立，还有陈独秀、毛泽东等人的照片。另有一

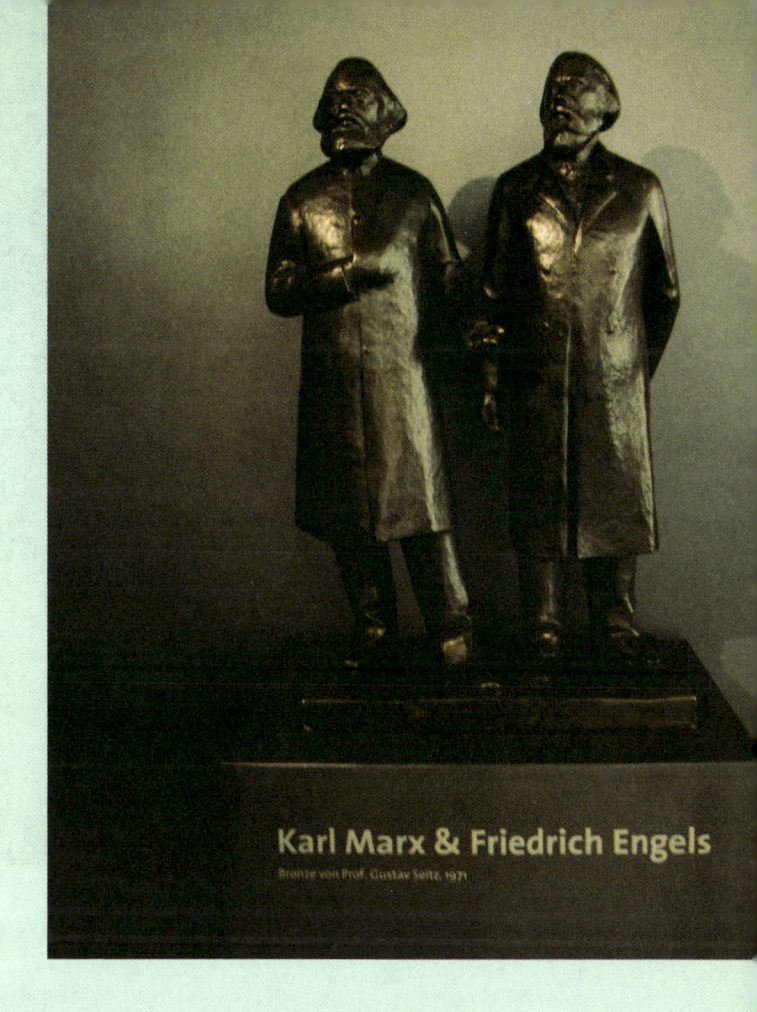

马克思、恩格斯雕像

马克思故居内的展厅

马克思雕像

个展厅是展示古巴革命的全过程的,形式和中国厅一样,也有格瓦拉、卡斯特罗的照片。我在中国厅留了影,有到此一游的意思。

在某层的一个展室里(由于楼梯窄而陡,各层展室又很小,转晕了头,记不住了),我看到《共产党宣言》的各种版本,这个吸引了我的注意,我能大致判断出德文版、俄文版,其他的猜不出来了。我发现,各国出版的《宣言》还有不同的版本。据说,首版德文《共产党宣言》全世界只有三册,弥足珍贵。陈望道根据日文版翻译的最早的中文版《共产党宣言》也在陈列之中。这让我心里稍稍有些不快,中国最早的《共产党宣言》怎么会是根据日文翻译的呢?当年中国留学生到英国访学,看到莎士比亚全集的各国版本,唯独没有汉语版,只有一本薄薄的小册子《哈姆雷特》,也是根据日文翻译的。而日文版的《沙士比亚全集》却装帧精美,洋洋大观。几个留学生受到触动,发愿一定要根据原著翻译一套《莎士比亚全集》的中文版,可惜直到几十年以后,才有梁实秋的台湾版全集问世(大陆版的朱生豪译《莎士比亚全集》不是诗剧)。我看着陈望道的《共产党宣言》,思忖着,早期中国共产党革命走了那么多弯路,是不是和"宣言"没翻译好有关?且不说日文的《共产党宣言》有什么缺点,就说转译本身,也是一直受到翻译界质疑的。

参观很快就结束了,我走出故居,在小街上走了一截,感受一下小街的气氛。在马克思故居不远处的一个十字街口,有几个人在唱歌,可能是民间乐队或流浪歌手,他们打扮得花花绿绿,弹奏着手中的乐器,尽情地且歌且舞,十分卖力,而且绝对是事先有过排演的,重唱、混声、合唱搭配得很和谐。奇怪的是并没有观众围观,也不像是乞讨卖艺,倒像是一种行为艺术。我脑子里涌出一个稀奇古怪的想法,我们参观的故居,也是一种艺术的表现形式吧。

我不好意思驻足停留,从他们身边走过时,看到一群二三十人的队伍,操着我熟悉的语言,闹哄哄地涌过来了。不用说,又一批我的同胞去朝圣马克思故居了。

新天鹅堡

我们到达柏林的第三天，即 10 月 17 日，在汉堡国家歌剧院里，正在上演一出闻名世界的歌剧《众神的黄昏》，这是瓦格纳歌剧《尼伯龙根的指环》的第四部，描述的是一场爱情的悲剧，同时也表现了神的力量，命运的无上权威，人与神的末日的来临。汉堡是世界上继纽约、伦敦、维也纳之后的第四大音乐之都，能在这里上演世界顶级音乐大师的歌剧并不奇怪，在此后的德国之行中，我们数次和音乐大师瓦格纳相会于不同的城市，却是让我难以忘却的。这次的新天鹅堡之行，可以说也要从这位大师说起。

我不知道巴伐利亚国王路德维希二世是不是因为《尼伯龙根的指环》才修建了新天鹅堡。但我知道，这位年轻而英俊的国王，在他 18 岁时，就迷恋瓦格纳的歌剧《罗安格林》和《汤豪瑟》。歌剧《罗安格林》讲述的是中世纪天鹅骑士罗安格林的故事，这让路德维希二世非常崇拜，既对天鹅骑士崇拜，也崇拜瓦格纳。从此，路德维希二世和瓦格纳结下了一生的情谊，他资助瓦格纳在拜罗依特潜心创作，还在新天鹅堡里兴建歌剧厅，准备专门在那里演出瓦格纳的歌剧。但是，遗憾的是，直到他死后 60 年，才在这里演出了瓦格纳的剧目，这不能不说是历史的悲剧，如果瓦格纳有知，路德维希二世有知，该有何感想呢？

10月29日，这是我们来德国后难得的一个晴天。一早，我们从慕尼黑出发，直奔新天鹅堡。巍峨的阿尔卑斯山就在我们大巴车的左侧，从车窗望出去，山体连绵，松柏长青，峰峦上堆积着皑皑白雪，沿途的路边也是一丛丛高大的林木，在秋阳下越发显得刚毅和伟岸。大巴车顺着蜿蜒的山路渐渐向山区深入，景色也越发的迷人，森林，丘陵，湖泊，农庄，都交错在阿尔卑斯山的怀抱里，千姿百态，美不胜收，特别是丘陵与丘陵之间构成的一道道幽静宜人的峡谷，仿佛园艺大师精心打造的作品，让人神往，似乎让一颗颗渴望独享幽静的敏感的心找到了理想的归宿。难怪当年的路德维希二世只有穿行在巴法利亚地区的山谷里，才感到那么的自由和快乐，也难怪他要在这里建造一座童话般的新天鹅堡了。

刚刚下过一场小雪，路边的草地上积雪还没有融化，同行的几位摄影家拿出相机争相拍照，在镜头的闪烁中，远远地，我们望见了耸立于半山腰上的新天鹅堡了。在大巴车上远眺，新天鹅堡白色的主体建筑，在云雾的缭绕中，婉如一只美丽的天鹅，我们在惊叹她巍峨壮观的同时，禁不住怦然心动，也想化身天鹅，飞临她的上空，切身地感受她的神秘与哀怨，感受路德维希二世敏感而脆弱的心灵。

但是，首先对我们造成震撼的，是旧天鹅堡。这座德国浪漫主义时期的经典建筑，是路德维希二世父亲马克西米连二世花巨资购买下来的，路德维希二世小时候就在这里玩耍和学习。在这里，他度过了生命中最重要的时光。这里的浪漫主义风格对路德维希二世的性格造成了一生的影响。也是在这里，年轻的路德维希二世接见了瓦格纳，并萌生了要为瓦格纳建造一座歌剧院的想法。由于时间关系，我们没有去旧天鹅堡参观，而是径直去了新天鹅堡。但是，旧天鹅堡给我们的感觉，就像正餐前的甜点，胃口已经被充分调动了起来。

上山的路是一条弯曲的坡道，迎面会看到下山的马车，肥壮的高头大马踩着路面响着坚实的踏踏声，车上载着从新天鹅堡下山的游客，他们脸上都洋溢着难以名状的兴奋表情。山上的积雪在阳光下已经融化，雪水淅淅沥沥地从山坡上流下来，流经我们脚下平坦的路面，所以整条上山的路都是湿的。途中的一条溪流，更是从几十米高的岩石上飞泻而下，发出哗哗的声响，颇有些壮观。路边的树木笔直而高大，阳光从茂密的金黄色叶缝间照射下来，仿若一根根金线，树木、山体、白雪、阳光，一同氤氲着迷一样美丽的光芒。转过一个急弯，一个通体白色的坚固、庞大而高耸的建筑映入眼帘，我屏息敛气，长久地凝望，默默地惊叹，哦，这就是新天鹅堡，一个童话般的世界。

当验票走进新天鹅堡的一瞬间，我突然想到，我也要走在路德维希二世曾经走过的石阶和楼梯上了，我也要走进赋予他理想观念的各个厅室了，那是一个怎样的华彩世界啊。我想起他当年对他的大臣说："无论现在还是将来，都不能因为平民的到来而让这个地方失色。"是的，一百多年来，这里接待过无数平民，而新天鹅堡更是越发的青春、澄明。新天鹅堡是德国少有的备有中文解说的景点之一。我手持解说器，按下按钮，跟着路德维希二世一起，走进了这座神秘的宫殿。

走过大理石建造的台阶，首先来到三楼国王居室的前厅，十字型的拱顶桁梁基部装饰有大理石雕刻的动物图像，墙壁上大幅的彩色绘画，色泽沉着自然，内容有故事，有情节，据说也是出自路德维希二世的构思，表现的是"尼伯龙根之歌"最古老的形式"西古尼德传说"里面的场景。国王显然喜欢这个传说，因为瓦格纳的歌剧《尼伯龙根的指环》就是以这个传说为脚本写成的。继续前行，就是规划宏大的加冕堂了，加冕堂真是金碧辉煌啊。在加冕堂的正上方，是耶稣基督、圣母玛丽亚和约翰内斯，在耶稣基督的下方，是六位神圣的国王，然后，环绕加冕堂的，是一幅幅巨型的壁画，有"圣格奥尔格屠龙图"，有"立法者"图，还有"耶稣的十二位门徒"图等等。加冕室的画廊太富丽、辉煌、精致了，以至于无法用语言来描述，我们只能静静地感受，只能用心灵去体会，想像着当年的圣典。穿过加冕堂，路过装饰有大型壁画的考究的餐厅，来到了国王的卧室。寂寞的路德维希国王喜好装饰豪华的卧室，卧室房间的窗帘采用蓝色的丝绸，上面布满了金银刺绣和镶嵌物。卧室的壁画以婚姻爱情为主，再现了《特里斯坦和佐尔德》传说中的情景（瓦格纳是以歌剧的形式再现了这个传说），有"女士阅读诗歌"、"殉情"、"爱情之酒"等图。我不再逐一介绍祈祷室、更衣室、起居室、工作室、副官室等房间的奢华了，让我们直接来到歌剧厅。如上所说，路德维希二世一生迷恋瓦格纳的歌剧，以至于要在他的新天鹅堡里专门为演出瓦格纳的歌剧而建造一所歌剧厅，事实上，整个新天鹅堡的建筑，都是以歌剧厅为中心来展开的，这说起来有些难以置信，但事实正是这样的。歌剧厅的前厅气度非凡，格调和装饰与三楼国王居室完全相同，墙上的油画所表现的，也是《西古里德传说》剩余部分的情节，每幅画的旁边都装有装饰性的画框，附有相应的文字说明。与国王居室内画在画布上的油画不同，歌剧厅的所有油画是直接画在墙壁上的。接着便是去歌剧厅的油画走廊。油画走廊所表现的是《格旺和格木雷的传说》的情景，是德国中世纪的著名传说之一。在油画走廊的格字平顶上，间隔地写着最出名的宫廷抒情诗人的名字，作为通向歌剧厅的标志。好了，我们穿过油画走廊，来到了宽敞的歌剧大厅。歌剧大厅的四周同样布满壁画，在巨大的云杉木制成的屋顶下面，壁画依次展开，许多壁画表现的是《帕其法尔的传说》。瓦格纳就是以这个传说为题材，创作了他的同名大型歌剧。路德维希二世建造这个歌剧大厅，就是要在这里，终身享受瓦格纳的歌剧。可惜，这个脑子中充满古典浪漫主义情怀的国王，一生也没有在里看过一场演出，他在这里只有过短暂的居住，于1886年6月12日，被慕尼黑派来的特派委员会将其带到慕尼黑的贝克王宫，在这之前的6月8日，慕尼黑派来的医疗小组已经宣布他患有永久性精神失常症，13日，路德维希二世和他的医生一起，神秘地死在斯坦贝格湖中，只活了41岁。

参观结束了，时间极其短暂，但留给我们的思考时间却十分的漫长。路德维希二世一生专注于建立一个个人世界，那里没有邪恶，没有争斗，一切都应

新天鹅堡远眺

新天鹅湖

新天鹅堡外景

新天鹅堡附近的老天鹅堡

该是高贵和美丽的。他早年看过瓦格纳的歌剧，在迷恋瓦格纳歌剧的同时，把自己也当着剧中的人物，以至于情感深陷其中。他喜欢在夜色的庇护下，穿行于阿尔卑斯山寂静的山谷，独享那里的幽静。在新天鹅堡，他更是喜欢在城堡里点上所有的蜡烛，于夜色中，一个人走到玛丽桥上去散步，在那里长时间地欣赏新天鹅堡童话般的景象。路德维希二世致力于童话世界的营造，而他的一生又何尝不是一部童话呢？

"车站街"的艺术工厂店

翻译陈秧女士事先没有做什么渲染,只是略带神秘地说,带你们到一个有趣的地方。我们问她如何有趣,她才慢慢道来:这是柏林的一个老火车站,废弃后,这里准备搞房地产开发和大型卖场,却被各类前卫艺术家们"强行"占领了,所以这里成了欧洲乃至世界的艺术中心之一。

对于这样的艺术中心,感性上、理性上我都没有什么认识,但我相信陈女士的话不会"走大扯"。同时让我想起我此前应中国青年出版社之约写作的长篇城市随笔《海古神幽连云港》,在《老铁路,步行街》一章里,我着重写了建于上世纪三十年代的新浦老火车站,那面积巨大的青石垒砌的候车室、售票厅及其附属建筑,很有个性和特色,应该加以好好的保护和利用,至少可以在这里建一个陇海铁路博物馆,可惜这里被一家房地产公司以很低廉的价格拆除了。文中流露出对领导短视及这种行径的不满,发了几句牢骚。在此书发排时,有关领导善意地建议我删除,并告诫我不要引起不必要的麻烦。现在想来,删除这些文字是错误的。相比于柏林这个被艺术家利用的老火车站,我们实际上是在破坏历史和文明的记忆。这样想来,对于即将造访的"车站街",不由多了一份期待。

事实上,"车站街"是我对它的命名。它肯定有一个真实的而且和其艺氛围相称的名字（陈女士的工作室也在这里，她名片上应该有吧），但是我还是愿意称这里为"车站街"，这三个字让我无缘由地喜欢。在原先的候车室、售票厅、调度室、配电房、杂物间、仓库等建筑里，一家家艺术工厂店相继开张，培养了许多热爱艺术的人。我们知道西方艺术世界的开放，以及市场对个人艺术创造的默认，这种良好的氛围大约从二战结束后就形成了。从那时候开始，艺术竞起，派系林立，各路风格不一的大师给艺术延进刻下了不同的印痕，创造一个又一个的艺术神话，引发出艺术世界的分裂、混战及至对峙。在柏林这样的欧洲大都市里，这种百家争鸣的艺术氛围尤其突出，当出现一个可以成为中心的艺术市场时，来自柏林、巴黎、伦敦等欧洲大都市及至世界各地的艺术家，便会纷纷驻进，对于不断处于迁徙、流浪中的艺术家来说，能有一个兼容并包、腔调不一的舞台，更能激发他们艺术创造的灵感。所以，这里的一家家艺术工厂店，应该很有看头。

那天我们来车站街艺术工厂店时，是从一家现代艺术馆参观以后，心里还留着对现代艺术的许多迷惑。但是，一来到车站街，一切又是新鲜的，这里十分空旷，街道很宽，广场很大，房子也很大，没有高楼，没有公交车，也没有停成长龙的车辆和川流不息的人群，有的只是一幢幢普通的、却被装饰得颇具艺术个性的建筑。

陈女士对这里的环境相当熟悉，她先带我们去敲一幢大房子的门，结果，主人不在，又带我们来到隔壁一幢更大的平房前，门前广场上稀稀落落地停着几辆轿车。从外观可以看出来，这幢平房的前身应该是仓库或候车大厅，现在被隔成许多间艺术工作室，每间的门上都写上名称，字体相当简约，一点也不花哨。在一个紧闭的门前，陈女士上前敲了敲门。开门的是一个年轻而英俊的先生，他热情地迎我们进来。甫一进屋，气象陡然一新，室内同样的空旷，对面墙上，挂着一排物件，地上更是奇特地做了一个鸟窝，那是一个完整的喜鹊窝（不是天然而是人工制作的），形象而逼真。围着鸟窝的是一圈圈德文。在这

现代艺术品

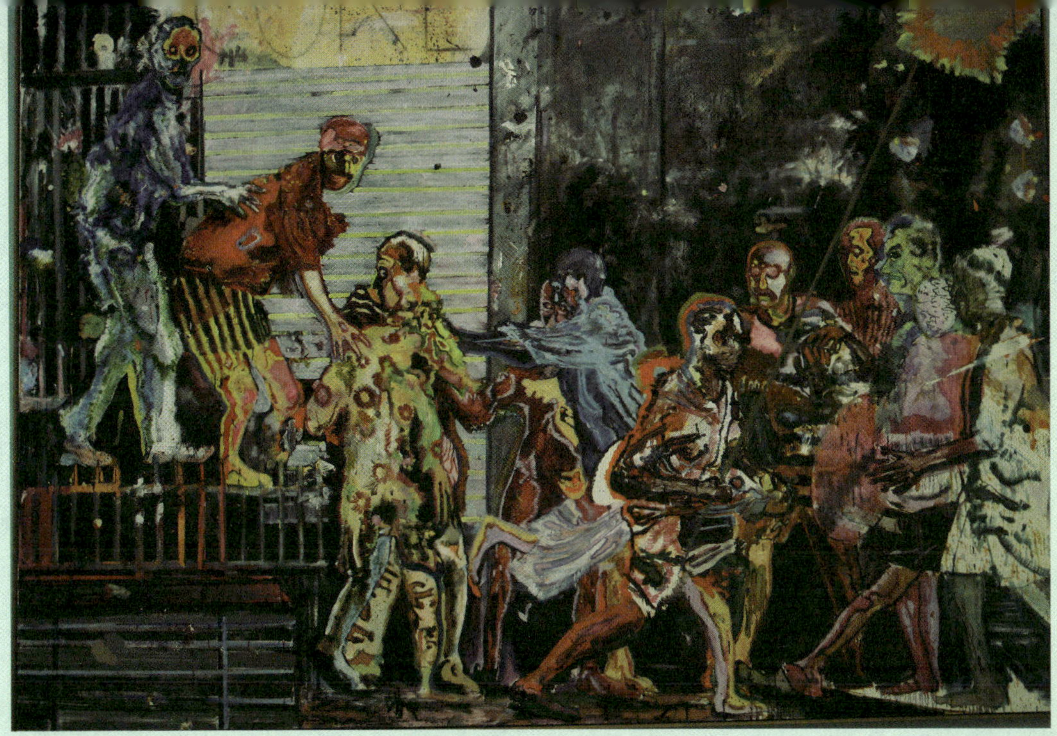

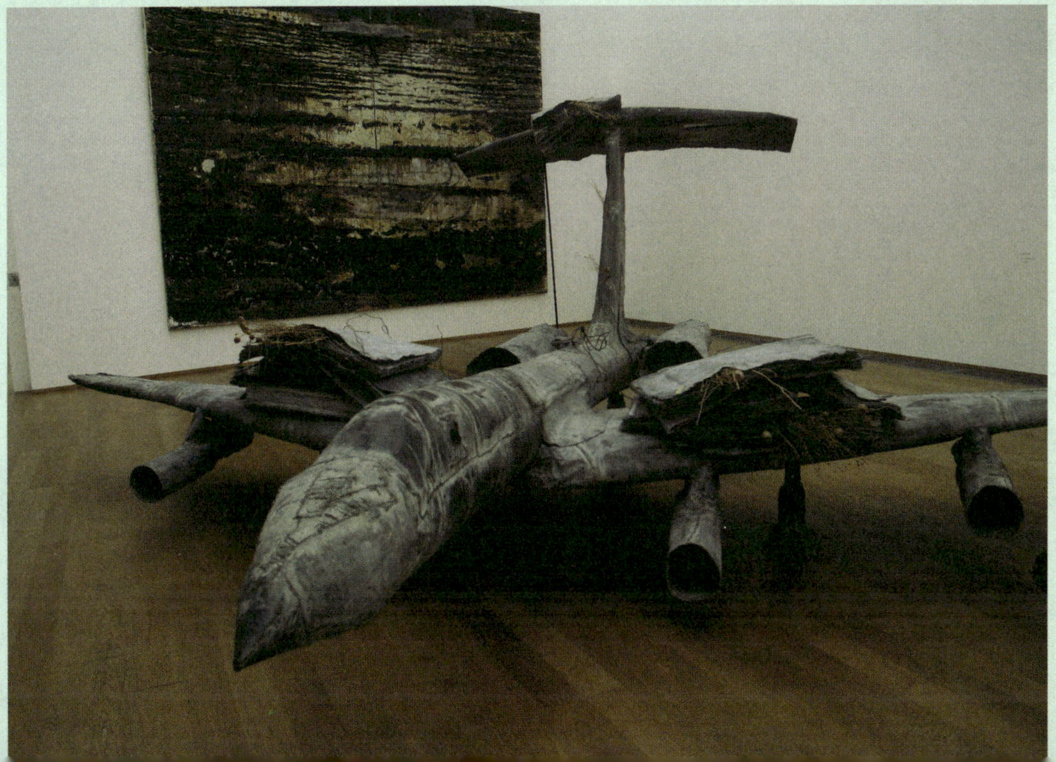

现代艺术品

车站街风景

现代艺术品

个很大的空间里，可称为艺术品的，就这两种。陈女士跟主人介绍我们一行五人是来自中国的艺术家后，坐在吧台（类似于）里的另一个先生，打开了室内的灯，瞬时，景象发生了大变，墙上挂的一片片物件，在洁白的墙面上，立即呈现出深浅不同的倒影，黑、灰、浅灰，形状也发生了变化。而地上的圈形文字，在灯光的作用下，也变成了白色的字体，鸟窝更是呈金黄色，闪着光泽。陈秧女士和两个德国青年交流了一会儿后，对我们说，这两个青年艺术家，就是这间工作室的主人。两个青年人很热情地给我们介绍墙上挂着的物件，说这些片状的东西，都是从世界各地收集来的动物的皮，各种动物都有。至于这组作品表现的是什么，青年艺术家没有讲，我们也不便问，说真话，艺术这东西，尤其是前卫艺术，是要靠悟的，是要靠相关的知识来提醒和佐证的，而且，每个人的领悟都不一样，这就是前卫艺术的奇妙之处。正当我们沉浸在各自的想像中时，我看到环绕鸟窝四周的白色字母，旋转了起来——其实这不过是视觉效果，但无意中的发现，还是让我感到惊喜。两个青年艺术家邀请我们走上去，走到那些字母上去，没想到出现的效果又是另外的形态。关于这两件艺术品所呈现出的不同的艺术形态和艺术效果，他们还专门出了一本画册，灰色硬面精装，简朴而不失华丽，售价十多欧元。我们同去的五人中没有一个画家，更没有搞前卫艺术的艺术家，但作家朱文颖喜欢两件艺术品的多元化情景，还是买了一本。

　　参观完这家工作室，我们又来到一家更为前卫的装饰艺术工作室，偌大的空间里，有一个用各种色彩的布料缝制的形状怪异的物体，主人介绍说，这是在欧洲一女子监狱参观时，得到灵感而创作的。仔细看，稍稍发现一点秘密，就是那些拉扯物体的带子（或绳索），原来是一条条女人的长筒丝袜或连袜裤。经主人允许，我们在这个"女监狱"里参观了一圈——只不过是从物体下面穿过而已。在另一家工作室，我看到几件面料考究的服装，整齐地挂在衣架上，有男人的大衣和风衣，也有女人的连衣裙，在衣服的胸口部位，有几个弹洞，有的衣服上的弹洞，是前后贯通的。这些服装是从二战期间德国屠杀犹太人的集中营收集来的。还有一块被子弹穿过的玻璃，也是二战的产物，同样被陈列了起来。在悬挂于墙的一块粗麻布上，有许多流血和不流血的伤口，有的用针脚很粗的针线缝补，有的顺其自然。这是一件可以互动的艺术品，参观者可以拿起针线，自己缝补……这几件作品倒是可以理解——反思二战给人类造成的灾难和痛苦。我们又匆忙参观了类似于中国画家工作室的两个画室，墙上的一幅幅现代油画，都打破了传统，以多视角传递出不同的阅读符号，而色彩，要么艳丽得钻心，要么暗淡得让人平静。

　　天色渐晚，夜色即将降临，我们参观的速度加快起来，在接下来的短短十来分钟时间里，我们又走马观花地看了四五家工作室。印象较深的，是墙壁上挂着装帧好的一幅幅"地图画"，简单说，就是一幅普通的城市交通地图，上面有公交车线路等标志，由于供参观者在地图上插有不同文字内容的纸片，这幅画的意义因此便不同寻常起来。我在画上还找到了一张落着汉字"刘采办"的插纸片。当然，更多的插纸片，都是外文，我能辨别得出的，只有韩文和日文。世界各地的文字都出现在同一幅地图上，其意味是多重的，复式的，让人顿生多种联想。

　　由于我们来得晚了些，没有一睹整个车站艺术街的全貌，但仅就匆匆看过的十多家艺术工作室来看，其艺术个性非常独特，展现的内容也千奇百怪，有点类似于北京的798艺术区，但比起798，它的商业因素基本上可以忽略不计。我们参观的最后一站，是陈秧女士的工作室，这是她和朋友们合伙开办的。工作室在一处建筑的二楼，不大，除了一间小客厅和一间办公室，最吸引人的，还是那间展览厅。墙上的艺术品有着更多的中国元素，不少中国画家的作品在这里展示。我们聚在小客厅里随便喝点什么时，遇到一个身材特别高大的德国青年人，他用流利的汉语和我们交流，让我吃惊和好笑的是，他居然会说许多流行汉语，比如牛逼，他比国人还运用自然。

参观结束后，走在夜色中的车站艺术街上，感觉这里的空间好大，天很高，很蓝，这里不是交通繁华地带，也不是商业区，这里很安静，很自然。我们信步走在柏林的秋天里，落叶绊在脚下，时明时暗的灯光仿佛也很冷——是啊，已经是深秋了，风吹在脸上感觉硬硬的，但心里却有种别样的惬意。在这里的感受，和在博物馆参观，完全是两回事，博物馆是历史、沉淀和按部就班，而这里完全是先锋、前卫和自由自在，是艺术家们施展个性和才华的地方。我想起英国作家福斯特的一句话："不识艺术，向前的路只有一条；识艺术会引发你走向很多条的路，极广阔的道路。"我想我是不识艺术的。我一直对这句话心成疑虑。我对于车站艺术街，感触更深的，是惊异。正如苏联作家鲍·帕斯捷尔纳克说，艺术就像一只喷泉，而事实上它却是一块海绵。他们执意认为艺术应该喷射出来，而事实上它应该吸收，变得充盈起来。这句话也可以这样说，一个热爱艺术的人，应该像海绵一样，吸收世界上各式各样的艺术。

寻找瓦格纳

老早以前，我在做舞台剧专业编剧时，看过不少世界经典舞台剧。但瓦格纳的歌剧只是听过，没有看过，其中的《婚礼进行曲》当然是耳熟能详了。不过，有一部电影，倒是和瓦格纳有关，似乎叫《狂恋维纳斯》，故事讲的是，一个歌剧指挥家在排练瓦格纳歌剧《汤豪森》时，与女主角几经接触，发生婚外情，指挥家自己也变成了一个受维纳斯引诱的"汤豪森"而深陷其中。作者这种戏中戏的安排也许并不高明，但对《汤豪森》一剧的指涉与呼应，却是让我难以忘怀的。

10月27日，我们从威玛赶往拜罗依特，去朝圣瓦格纳故居和他的墓地。一路上风光无限，山丘、河谷、森林、草原、村舍，尽情地展现出不同的丰姿，也仿佛一支交响乐，或剧情复杂的歌剧，起伏不断，连绵不绝，余韵袅袅。近午时，我们到达拜罗依特市区，这是一个只有五六万人口的小城市，却因为一年一度的瓦格纳歌剧节（音乐节）而举世闻名。大巴车在一个僻静的地方停好后，我们步行至市中心一个小广场。和许多城市老广场一样，该广场也是小方块石铺地，除了几个小花坛外，广场中央有一帧塑像，认不出此人是谁，既不是宗教人物，也不是瓦格纳，似乎不是我们耳熟能详的名人，略有些肥胖，手里还拿着一支雪茄烟，显得俗不可耐。我心里有些不平，以瓦格纳在世界歌剧

瓦格纳雕像

瓦格纳墓地

瓦格纳故居后门

瓦格纳故居附近的河流

瓦格纳歌剧院内景

拜罗依特市政广场上的塑像

界和音乐界的名声，怎么也够得上在这个广场上塑个像了，却弄一个不三不四卖雪茄的，真让我不以为然。经当地人指点，穿越冷清的小广场，走进一条窄窄的小街，行百余米，是一个古色古香的院门，走进去，从一所老建筑拐过，来到一个别有洞天的所在，一个布满森林的公园，中间是一条河流，河上横跨一座木桥，林间和河面上落满各种颜色的树叶。顺着笔直的河流望过去，森林无边，河流无尽，森林边上稀稀拉拉的建筑，看样子都有年头了。凭感觉，瓦格纳故居和墓地就应该在这里，而且，也只有这里的安静和古老，才配得上一代音乐俊才。果然，向前行不多远，在我们行进方向的左侧，有一个几近朽烂的木门，门边的矮墙上，嵌着一块黑色大理石标志牌。导游说，就是这里了。没错，这应该是瓦格纳故居的后门。

走进瓦格纳故居的庭院花园，立即有一种安静、肃穆、庄严的气氛。院子里的许多名贵树木更为高大、挺拔、茂密。空气清新、湿润，有几只鸟停在水池边，并不欢闹，像是在守护什么。在一个圆形常青树丛中，是一方被翠柏覆盖的长方形大理石墓棺，这便是瓦格纳长眠之地了。墓棺上有几个花篮，还有几束花。我们站在墓棺边，沉下心来，默默地注视了一会儿，耳边渐渐响起瓦格纳采用管弦乐器演奏出的充满排山倒海的力量和亮丽和声的优美旋律，是《纽伦堡的名歌手》吗？还是《尼伯龙根的指环》？恍惚中，那感人肺腑的、充满浪漫主义情怀的音乐，一直在耳畔萦绕，绵绵不绝。

离墓地不远的地方，隔一泓圆形水池，就是瓦格纳故居了。瓦格纳故居是一幢独立的别墅式建筑，敦实、雄浑，就像主人的音乐一样充满力量。关于这幢别墅，还有一段神奇的故事，涉及到巴法利亚国王路德维希二世，国王在18岁的时候，迷恋上瓦格纳的歌剧《罗安格林》和《汤豪森》，把瓦格纳当成心中的"音乐之王"，当1864年5月4日，路德维希二世在慕尼黑首次见到瓦格纳时，对瓦格纳的崇拜达到巅峰，并决定资助他建立自己的歌剧院和寓所。1871年，瓦格纳来到拜罗伊特，由于有国王的鼎力相助，他得到了市政当局的支持，并得到了用以建造歌剧院和寓所所用的土地。有了土地，全世界迷恋瓦格纳音乐的社团和个人，开始捐助资金，瓦格纳本人也多次举办音乐会，来筹募建筑所花的巨额费用。不久之后，瓦格纳的别墅和剧院就落成了。别墅叫万弗里德别墅，剧院就以瓦格纳的名字命名。当我们从后花园转到前院时，位于别墅的正前方，正是路德维希二世的塑像，人们以这样的方式，来纪念他们不同凡响的交往。

在拜罗依特，仅仅拜访瓦格纳故居和墓地，显然是不够的，如果不到举世闻名的瓦格纳歌剧节承办地——瓦格纳歌剧院去"朝见"，实在是算不得来到拜罗依特。这样，在下午不到二时，我们就来到瓦格纳歌剧院门口，等候进入剧院参观。

仅从外观看，瓦格纳歌剧院并无出奇之处，甚至还有些平常，建筑体积也不是十分宏伟，造型更是一般。但是，当我们走进剧场时，心里还是不由得为之一动。

给我们做讲解的，是歌剧院管理人员诺勃特·凯斯勒先生，他在收了我们每人四欧元后，心情大好，用地道的德语娓娓讲述：很久以来，瓦格纳就想拥有自己的歌剧院，用以专门演出自己的歌剧，在他看来，只有能够营造出迷幻、神秘、缥缈感觉效果的剧院，才能真正表达他的创作思想，或者说，才配得上他的歌剧，这一方面，是他的歌剧大都取材于中世纪的传说和神话，另一方面，他自负地建立起来的一整套音乐理论也起了决定性作用。这样，他的歌剧院就有别于一般的歌剧院，比如室内装修，就全部用木质结构，把整个剧院做成一个回声箱，这样，对音乐效果有很大的帮助。剧院于1872年5月22日奠基，当日，由瓦格纳亲自指挥演奏《贝多芬第九交响乐》以示庆祝。工程一直持续到1876年8月13日才终告建成。在瓦格纳歌剧院落成当天，路德维希二世资助他一大笔经费，举行了第一届拜罗伊特歌剧节。歌剧节上演的全部是瓦格纳的剧目，首日演出《莱茵河的黄金》，次日演出《女武神》。接着上演《齐格弗里德》，到了17日，隆重推出了《众神的黄昏》（《尼伯龙根的指环》中的一部），后两个剧目均为首次演出。由于出演这些剧目的，全部是世界各地演出过瓦格纳戏剧的著名演员，比如莉莉雷曼、马泰尔纳、尼曼、温格等，加上著名指挥家莫蒂、里希特和赛德尔，演出相当成功，引起全世界的关注，前来参加盛典的作曲家就有圣桑、格里格、安东·卢宾斯坦、柴可夫斯基、古诺等名流，真可谓盛况空前。拜罗伊特音乐节虽然中途几经停办，但至今仍然举办了99届，音乐节秉承首届的传统，只演出瓦格纳的歌剧，而且全部演出都在瓦格纳歌剧院举行。剧院里共有1460个座位和包厢，但采取加座的办法，使每场演出都要容纳两千名观众。歌剧院舞台宽大，乐池很深，观众席相对较远，根本看不见乐队，这些特点使瓦格纳歌剧的演出效果特别好，所以，瓦格纳生前，不允许他的有些剧目在别的剧院演出，也是出于演出质量的考虑。明年的第100届音乐节，盛况将更为空前。在说到音乐节的门票和票价时，诺勃特·凯斯勒先生特别自豪，他说，每年音乐节从7月25日到8月28日，票价35欧元到280欧元不等，但是，票却非常的紧张，如果想得到一张戏票，必须提前十年。也就是说，如果你想一睹瓦格纳歌剧的风采，现在订票，也只能等到十年以后。瓦格纳歌剧院还有一个特别的地方，就是观众不能交谈，不能鼓掌，不能走动，不能吃东西，而且要按时入场，晚来两秒钟都不行。如果要去洗手间怎么办，那么好了，你就再也不能进来了。诺勃特·凯斯勒先生还介绍，每年的黄牛票，要1500欧元才能买到。

　　介绍完剧场，诺勃特·凯斯勒先生又兴致很高地带我们到乐池参观。瓦格纳剧院的乐池全部在地下层，要坐124位音乐演奏家。乐团的乐器布置也和别的乐队不一样。音乐的声音不是直接传到观众席的，而是先反弹到后面的墙壁，再回旋到舞台上，和演唱家们的演唱合为一体，再传到观众的耳朵里。所以，指挥家在这里指挥，也是有一定的难度的，他必须要比舞台上的歌唱家快一两秒才能配合好。在说到剧院里没有空调设施时，诺勃特·凯斯勒先生说，这也

瓦格纳故居

是为了演出效果，所以，这里的音乐家，包括指挥，是可以随意穿着的，不需要穿西装，牛仔裤、T恤、便鞋，随便穿，有一个荷兰的指挥家，还穿过泳裤指挥。因为在这里，演出结束后，是不需要上台谢幕的。这些年来，世界上许多著名的指挥家如凯尔伯特、卡拉扬、约胡姆和克劳斯等，都来这里担任过指挥。

诺勃特·凯斯勒先生最后领我们来到舞台上。舞台很大，分前后舞台，前舞台深26米，后舞台深14米，宽近13米，高度26米，而到屋顶最高46米。这个舞台是全世界最大的舞台之一，光是各种灯就有500盏，包括演员、化妆师、灯光师和其他工作人员。共有950人在后台工作。介绍结束后，江苏京剧院著名演员严阵应邀，在舞台唱了一段京剧，引来了诺勃特·凯斯勒先生的掌声，他动情地说，你可以向全世界宣布，你在瓦格纳歌剧院的舞台上演唱过。

对于无数瓦格纳的音乐迷来说，不要说在这个舞台上演唱，就是看一场瓦格纳的歌剧，也是无尚光荣的事。我们都说严阵这回赚大了。

参观结束后，我请诺勃特·凯斯勒先生在我的笔记本上签名，表示我到过这座世界音乐圣殿。

当我走出瓦格纳歌剧院时，我看到许多人在剧院前留影，久久不肯离去。是的，尽管没有亲眼观看、亲耳聆听瓦格纳的歌剧，但是，仿佛也吸收了一点音乐的细胞，沾染了一点瓦格纳音乐的灵气。

在接下来赶往慕尼黑的途中，车上又不断响起我们的歌声。

少女湖畔

少女湖在坡茨坦。

坡茨坦皇宫又叫无忧宫。10月17日上午，我们参观了无忧宫后，随即赶往西西里宫。无忧宫和西西里宫相距只有十来分钟的车程，大巴车在树林间穿行不久，就来到一处僻静的停车场。从停车场徒步去西西里宫时，我们"幸运"地迷了路，这让我们在森林中的便道上多走了三十多分钟。说起来真是不可思议，一般情境下，迷路是让人十分泄气的事，但是在去西西里宫的路上迷路，大家都喜气洋洋，兴高采烈，甚至欢呼雀跃了。有这样的感觉，都是缘于森林，缘于森林里的静谧，缘于森林里迷人的景致和这里的每一寸草地每一片树叶每一缕阳光，就是看到枯树上的巨型木耳，也有美女争相拍照。这样走着，眼前突然一片开朗，一片澄明，还有一种刺骨的凉意，一弯明镜似的湖泊就在这异样的气氛中映入我们的视野。

这就是少女湖了。

在湖边缓坡的草地上，有人拍照，有人在静静地欣赏湖水的静美和彼岸的风光。少女湖面积不大，呈狭长型，湖水清冽、幽深，不规则的沿岸种着绿草和大树。远眺对岸，山岭森林中的许多别墅露出造型各异的房顶。站立湖边轻舒气息，宁静而悠远的心境油然而生，想像着彼岸的那些房舍，那些人家，那

少女湖畔的草地和森林

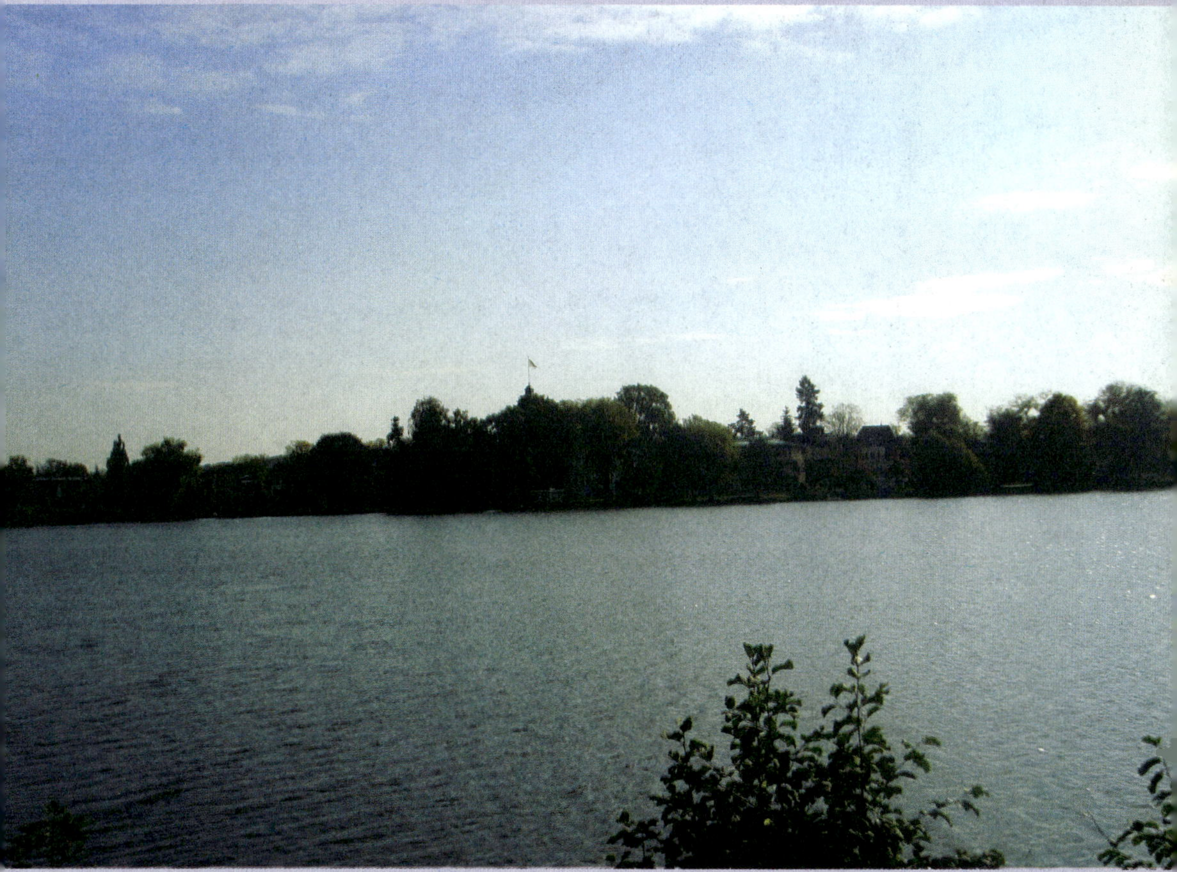

西西里宫的内景

里居住的居民，他们一定拥有非常精致、甜美的生活，他们建造庭院、洋房，把山上的森林当作自家的花园，把少女湖当作自家的湖泊，虽然没有中国园林式的亭台错落、廊檐深深，也不像中国古代文人骚客的月下饮酒、花前品茗，更没有隐逸居士的雨中伫立、凝眸夕阳，但他们自有一种精神的归宿和思想的自由，与家人呆在一起，独享那份憩静和自然。我的思绪信马由缰，穿越历史，穿越时空，在大家的欢笑声中，才回到现实。隔着静如处子的湖泊，远远望去，在淡淡的雾霭中，染尽霜红的树叶，若隐若现的白墙粉瓦，婉如一幅朦胧而美丽的油画，散发出荡漾人心的光芒，照耀着古老的历史和现实的文明。

我移步湖畔，妄想更切实地亲近少女湖，感知湖水的甘甜和水草的芳菲。但是，不小心地，惊扰了躲在湖边水草丛里的一只水鸟。水草是孤立的一丛，密密匝匝的青绿色，约有半人深，生长在似水似岸的地方。那只肥硕的水鸟就是从那里游出来的，不像野鸭，它比野鸭的个头大多了，也不是大雁，它没有大雁的个头大。水鸟的身上有彩色羽毛，从外形看，应该是雄性吧，它犹豫地向右侧水域游去，湖面上漾起波纹，一直荡到岸边。它游不多远，便迟疑地圈回头，仿佛是在打量我们这些来自异地的不速之客。我不知道它是对我们的惊扰表示不满，还是表示欢迎。但是，显然，它对于离开的草丛还有些许的依恋，甚至有些不甘。我只好轻声地对他说声对不起。当我走到湖边，走近那丛水草，蓦然地，从草丛里又游出来一只水鸟，它全身是芦花色的羽毛，拍打着翅膀，惊惶失措地向湖心急速游去，而先前游出的那一只，也在向它靠拢。我一下子明白了，这是一对情侣，或夫妻，正在草丛中幽会，或者这里干脆就是它们的小家。我觉得我们太鲁莽了，惊动了它们，打扰了它们安逸的生活。我看着两只顺着头向湖心游去的水鸟，看着湖面上两圈交叉的波纹，但愿它们不要在乎我们的无礼，重新找到舒适的栖息地。

坐落于少女湖畔的西西里宫，因为少女湖的靓丽、清幽而越显青春，妩媚，朝气逼人。这是一座土木结构的建筑，也是普鲁士王室建造的最后一座宫殿，是威廉皇帝为其儿子儿媳妇方便盛夏避暑而专门修建的,并以儿媳妇西西里公主来命名。整个建筑共有五个内院、176间厅室,模仿了英国乡间别墅的建筑风格,于1913年竣工。西西里宫原来的名声并不大,仅限于德国或欧洲。但是因1945年7月26日第二次世界大战期间,中美英三国政府在西西里宫签署的《坡茨坦公告》促令日本无条件投降而闻名于世。现在,西西里宫里的摆设,还是和二战期间反法西斯联盟重要人物、号称三巨头的斯大林、罗斯福、丘吉尔在这开会时的摆放一样。对照墙上的照片,可以知道当初他们开会时所坐的位置,甚至能感受到他们的智慧和争纷,也正是在这期间,萌芽了东西方两大阵营并最终形成了三十多年的冷战格局。在我看来,《坡斯坦公告》固然为人类和平带来福音,值得欢欣鼓舞,而由此带来的冷战格局给人类进步造成的伤害,同样刻骨铭心。

参观西西里宫,在威廉四世的书房里眺望窗外,少女湖在中午的秋阳中波光鳞鳞,沿岸的树木蔓无边际地延伸着层层秋色,花园里的青青草坪上,落着秋叶,有几只不知名的鸟儿在踱步、觅食。想当年,威廉四世正是坐在书房宽敞的内阳台上,在手不释卷地阅读之余,怀着欣喜的心情,看他三个可爱女儿在湖边草地上玩耍。谁能知道,几十年之后,皇宫会迎来三巨头的智慧碰撞;近百年之后,会迎来我们这批东方客人的闲适欣赏呢?

在歌德公园里眺望

魏玛市的歌德公园里,有一条奔腾的河流。我和南师大蔡教授无意间"闯"进了歌德公园,并沿着河流散步。

这天是我们在德国难得的几个好天气之一,阳光很好,空气中没有一丝尘埃。歌德公园里安静得出奇,没有风,也没有游客,如果不算初入公园时看到两个园艺工人在修剪树木,除了青青的草坪和高大的树木,只有我们两位东方旅人。我们不约而同地感叹这里的环境,优雅、静谧,置身其间,思想瞬间得到净化,心也跟着澄明起来,仿佛忘却人世间的众多纷挠和无聊应酬。想像着当年歌德、席勒等文学大师在这里散步,构思,创作;想像着辉煌灿烂的"黄金二十年代"的一大批文化精英,能拥有这样的环境,真是他们的福分。他们正是在这样的环境下,才掀起一波又一波影响世界的文化波涛。我只能在心里说,这里是上帝赐给人类的家园,诗的家园,精神的家园;这里能容纳百川,能汇集宇宙;能思的尽可以在这里思,能想的尽可以在这里想,能写的也尽可以在这里写。

我让自己的脚步慢下来,心也沉淀下来,以期能体味这里的灵气、哲思和诗情。是的,这里本身就是诗,流水是诗,树木是诗,草坪上的每一株小草,也是一个个诗的元素。放眼望去,似乎到处都是诗行,就连身边清冽、透彻的

歌德公园里的小白房和河流

歌德公园里的建筑

河水，在激流处泛起的水花和流动的声响，仿佛也是《浮士德》里的一个优美乐章。而从林间岔路上突然冲出的两个骑着山地车互相追逐的金发少年，又是诗剧里协调的和声……

和许多人一样，我也是在很年轻的时候，读过《少年维特的烦恼》(人民文学出版社1981年11月)，也读过小本的《歌德抒情诗选》(人民文学出版社1983年3月)，一直过了多少年，对歌德这位深孚众望的世界级大文豪的印象，也只到"少年维特"为止，甚至对他不能搬上舞台的诗剧《浮士德》也敬重不起来。直到1999年，我购买河北教育出版社出版的十四卷本的《歌德文集》，从头至尾翻阅一遍，才真正开始仰视这位旷世奇才。至于此后陆续读到的关于歌德的评传和对话录，启发了自己的心智，那已经是新世纪以后的事了，特别是做了歌德十年私人秘书的爱克曼先生写的一本《歌德谈话录》，对于歌德的天才和勤奋，以及他的隽妙语言，更是钦佩有加。没想到，多少年以后，我会如此切近地走近歌德，并在属于他的公园里散步。

蔡教授也是一位身上充满人文气息的学者，我们且走且聊，声音很小，但谈话的内容很大，从世界文化到中国文化，从学术环境到自由思想。但我们只能是空谈，虽然大而无当，拿捏有度，还是觉得心气很软。当我们拐过一个河湾，从一座别致的小桥经过时，眼前顿时一亮：午后瑞丽的阳光，照耀着河岸边连绵的草地，在绿毯一样平整的草地中央，是疏密有度的几棵大树，金黄的树叶，如蜡染一般透明。蔡教授惊叹一声，多美啊，真像油画一样。

我也停下来，静静地眺望，遐想。我知道，昨夜刚下一场小雨，远处山崖上流下的涓涓溪水正汇入河流，那几棵大树就在河流边，蛛网一般的根须尽情地吮吸着甘霖一样的河水，即便是在深秋的日子里，依然要补充水分，汲取营养。所以，我们看到的大树的黄叶，是那样的惊艳，像刚刚萌生出来的新芽，黄得透明，黄得纯粹，黄得鲜嫩，没有一丝一毫的矫揉造作，却有着初生一样的美丽。小鸟从树下飞过，轻风也从树下飞过，都感到树的巨大和无边。我好生奇怪，枝条上的叶子密密匝匝，排列有序，枝和枝比肩摩挲，叶和叶相互簇拥，在秋霜的数次侵袭下，怎么不落一叶下来呢？按理说，这个季节，落叶，才是树木的常规和本态。可大树的叶子，像相互约好了似的，没有一叶先期掉落。树下的茵茵绿草地，干干净净。我禁不住屏息敛气，面对它的富丽、华贵和静美，任内心滋生出无尽的敬仰。

在大树的那一边，背山的地方，是一幢白色的三层小楼。这就是歌德常来这里居住和写作的别墅了。关于这幢别墅，在下午歌德故居旁的纪念品商店里，看到一幅水粉画。让我惊异的是，这幅画于1806年的画，周围的环境和今天竟如出一辙，不，应该换过来说，今天的歌德公园，和二百年前的歌德公园，竟然一模一样，背景的山峦树木，前边的草坪大树，大树这边的奔腾河水，和二百多年后我们看到的别无二致。我们能说些什么呢？二百年是多少代人？二百年更新了多少无常世事？就是世界大战也经历了两次，但这里的自然还是自然，这里的山水还是山水，这里的歌德别墅依然是那样的平常和不起眼。那么，我们只能说是文学的力量了。我们只能说，歌德，这位文学的巨人，就仿佛生活在昨天，和他的作品一样，一直滋养和培育着人类，照耀着我们。

> 喧响吧，莫要停留，
> 沿山谷流去，
> 流吧，合着我的歌，
> 鸣奏出旋律，
> 不论是你在冬夜，
> 汹涌地高涨，
> 或是你绕着幼蕾，
> 掩映着春光。

这是歌德写给他爱慕的斯坦因夫人的情诗里的一段。奔腾的流水，唤起诗人失恋的回忆，大约就是站立在我们身边的小溪畔，遥望着湛蓝的天际，发自心中的吟咏吧。众所周知，歌德在他26岁那年一到魏玛，就爱上了具有高度教养的斯坦因夫人，跟她维持了十年以上的柏拉图式的爱情，为她写了不少诗，除了这首《对月》，著名的还有《无休止的爱》、《泪中的安慰》等佳篇。说到这里，我想起我们在魏玛市文化局听迪尔曼先生讲述魏玛文化时的情景，他讲得很好，但只局限于魏玛文化遗产基金会、理斯特年和包豪森音乐学院，对于歌德和席勒，介绍得不多，似乎还没有我们了解的全面。于是，在自由提问时，我请迪尔曼先生讲讲歌德当年在魏玛的趣闻轶事，就是我们讲的民间传说什么的。可惜这位文化官员言不由衷、王顾左右而言他地乱扯一通。也许是照顾歌德的名声吧，抑或是时间不够，总之，我们从迪尔曼那里，没有得到更多的关于歌德的信息。

让我们还是回到歌德公园吧。当我们在奔流的河水边，眺望歌德别墅的时候，想像着他坐在书桌旁，或阅读，或书写，或和友人谈论着那些伟大而美好的事物，他性格中执著的品质和文学的精神，正闪耀着无与伦比的光芒……

柏林的博物馆岛

10月20日,在这次德国之行的日记上,我记录着"普鲁士王朝文化遗产基金会"主席帕金克博士给我们授课时说的一句话:世界上,没有哪一座城市,像柏林这样,把市中心最好的地块拿出来,建这么多出色的博物馆。

我相信这位具有绅士风度的学者的话,因为在之前的几天访问中,我们已经领略了柏林市中心的博物馆岛的风采。在奔流的施普雷河环绕的半岛上,坐落着老国家艺术画廊、柏林老博物馆、帕加马博物馆、柏林新博物馆、博德博物馆等世界著名的博物馆。

这些紧挨在一起的博物馆群,就像一串明珠,让柏林这座世界大都市既显得古老、沧桑、历史厚重,又清新、俊朗、熠熠生辉。在柏林的几天里,我们在各大博物馆之间奔波,先后参观了帕加马博物馆、老国家艺术画廊、柏林新博物馆,数次在柏林老博物馆和博德博物馆前或流连,或通行,在湿漉漉的河岸上,在翠绿的草坪边,博物馆灰色的墙壁和门前的廊柱、桥梁,都让人仿佛穿梭在历史的进程中,感受着人类一路走来的艰辛和辉煌。

还是在来柏林第一天(10月16日)的下午,天空暗淡,小雨淅沥,我们一行二十多人,在零度左右的低气温下,来到了博物馆岛上,准备参观帕加马博物馆。

帕加马博物馆是岛上最年轻的博物馆，始建于1909年，1930年建成，历时21年。帕加马博物馆的命名，出自名扬世界的帕加马祭坛（又叫宙斯祭坛）。帕加马祭坛位于现今的土耳其境内，建于公元前180——公元前160年，由当时的帕加马国王欧迈尼斯二世下令兴建的，用以纪念对高卢人战争的胜利。在漫长的历史进程中，整个祭坛遭受地震等自然灾害的毁坏，已经完全坍落，被沉埋于地下多年。但是，这个号称世界七大奇迹之一的祭坛，一直被世人所关注，到了19世纪70年代，德国考古学家说这是个好东西，是人类历史的记忆，应该得到更好的保护和利用。当然，好东西应该放在该放的地方，有更专业的人来保管才行。这样，很牛气的德国人于1878年开始挖掘，历时八年，直到1886年，才将祭坛全部发掘出土，并打包装箱，整体运往柏林，量身打造了这所博物馆，将整个祭坛精心复原，藏于博物馆内。我们参观的那天正值德国人的周末，人很多，即便是细雨霏霏，寒风料峭，队伍也排得很长，从门厅，一直排到门前广场。趁导游刘晨洋先生去买票的时候，我仔细地观察了排队的人流，主体仍以当地人居多，也有少量的东方面孔，他们安静而从容，无论男女，无论老人和孩子，都有秩序地慢慢前行，没有喧哗，没有拥挤，甚至，大部分人都没有雨具，更有甚者，一边排队，一边阅读手里的读物，一张报纸，或一本书，细密的雨丝洒在纸页上，洒在衣物上，却真切地滋润着他们的心灵。我暗暗猜想，也许，德国人都有一种博物馆精神吧。

　　约四十分钟，终于拿到了票，存好衣服和包后，我们徐步进入博物馆，首先看到的是米利都集市门，这个两层高的建筑物，原是土耳其爱琴海沿岸城市米利都的集市大门，建于罗马皇帝哈德里安执政时期，于中世纪时，被地震毁坏，德国考古学家将其发掘运回柏林后，照原样于博物馆中重建。馆中所藏的另一个著名的大门是伊丝塔尔门，这是巴比伦古城的城门，我们队伍里的许多人都流连于此，拍照，欣赏，无不被宏伟的城门及城门上色彩鲜艳的壁画所震撼，《博林博物馆岛》一书是这样介绍的："伊丝塔尔门饰有彩釉地砖，于尼布甲尼撒二世执政期间建成。墙上浮雕描绘的是巴比伦诸神：公牛象征风暴之神阿达德，龙代表的是巴比伦城的守护神马尔杜克。伊丝塔尔门得名于战争与爱情女神伊丝塔尔。"我们站在数千年前的神门下边，感受着它的气派和远古，还有什么比这样的艺术品让人惊叹的呢？在相机啪啪声中，我们既留下了永恒的瞬间，也回溯到历史的长河中。在博物馆一个最大的厅中，复原了帕加马大祭坛有这样的介绍：

> 浮雕带的内容是表现希腊众神与巨人的战斗，象征帕加马对高卢人的胜利，充满了动势突出的形象和激烈紧张的气氛。其中保存较好的一幅表现的是雅典娜与一个巨人战斗的场面。雅典娜右手抓住巨人的头发，并派出一条蛇咬住巨人的胸膛，巨人那深陷的眼睛则露出痛苦和绝望的表情；巨人的母亲该亚正举起双手向众神哀告，以求饶恕她的儿子；与此同时，胜利女神飞过来，为雅典娜戴上胜利的花环。这一组浮雕主次分明，情节生动，人体和人物表情被刻画十分准确传神，具有强烈的戏剧性效果，表现了当时艺术家们的高度的雕塑艺术技巧。

两个小时的参观很快结束了。我们在帕加马博物馆里看到的，都是古希腊、古巴比伦、古罗马、古代东方和伊斯兰文物的精品。当我们坐在复制品帕加马祭坛巍峨的台阶上小憩的时候，心里还激荡着古代文明的回声。

10月19日下午，我们去老国家艺术画廊参观。老国家艺术画廊是博物馆岛上第三座馆，建成于1876年，陈列着19世纪与20世纪初期的绘画及雕塑精品。画廊建筑的外层，两边带有宽敞的阶梯，阶梯中间的平台上，是弗里德里希·威廉四世骑马铜像。画廊共有三层，大小展厅互为相连，回旋延伸，还有不少绘画大师的专门展厅。查那天的日记，有这样的描述："两个半小时的参

博物馆岛上的雕像

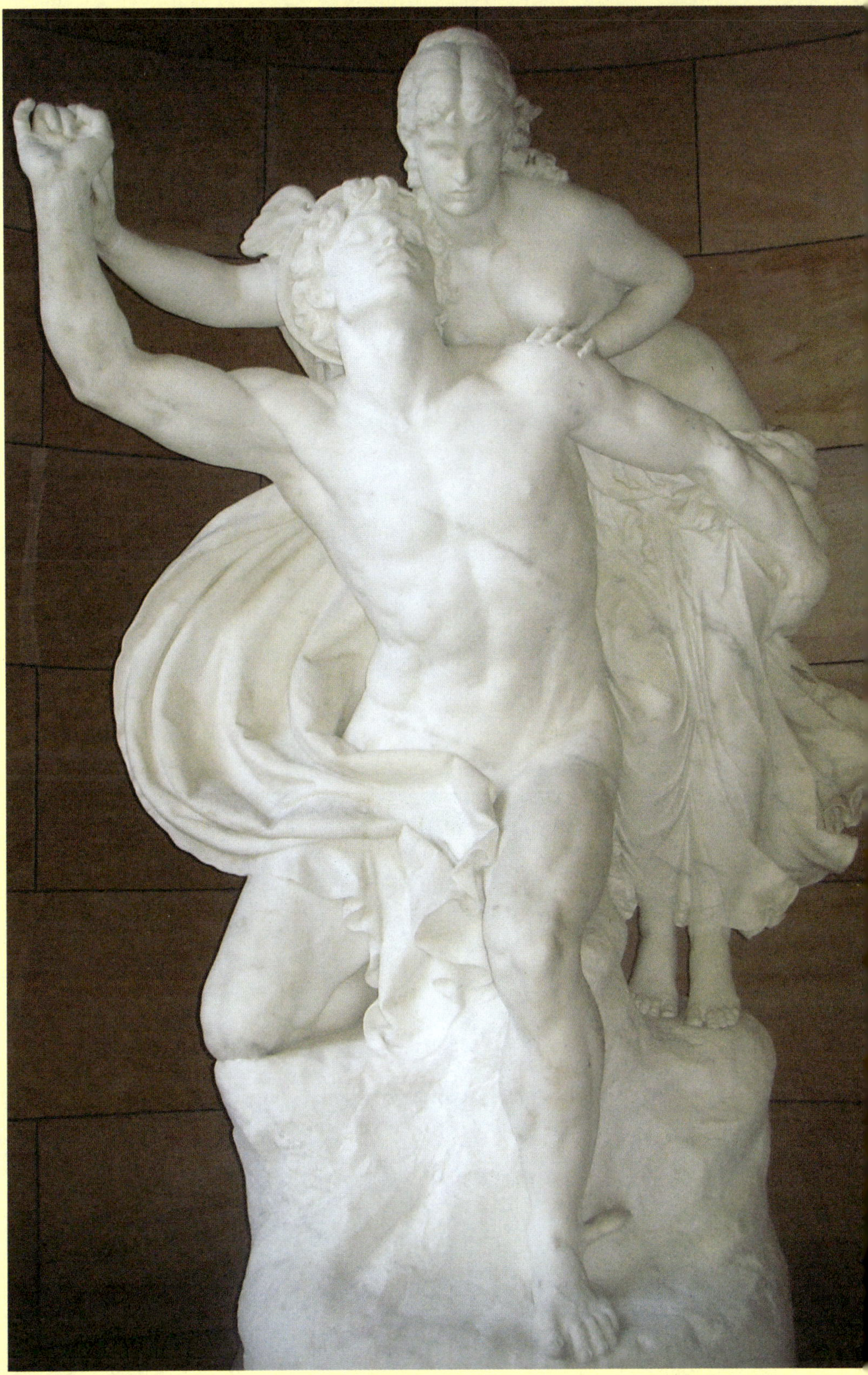

博物馆里收藏的艺术品

柏林大教堂壁画

收藏的各种艺术品

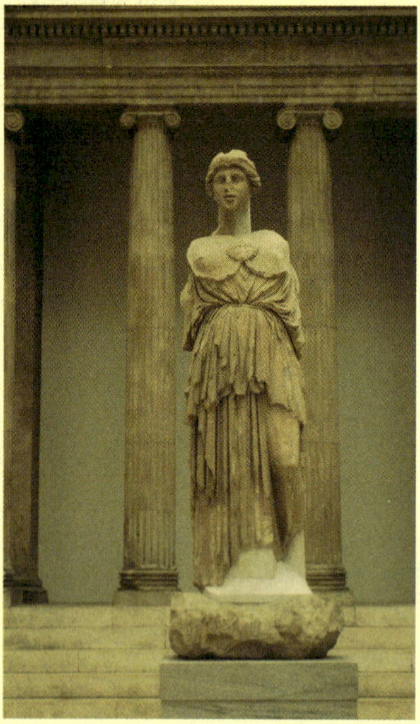

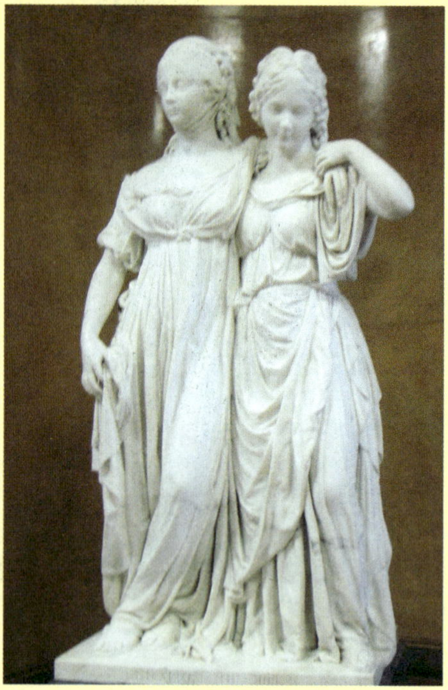

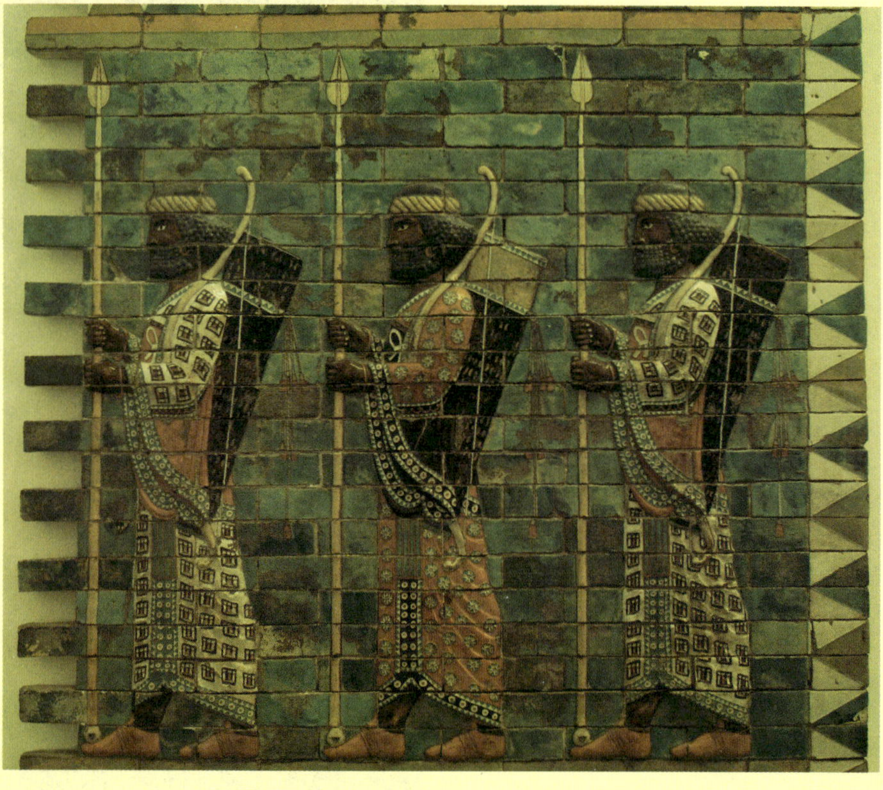

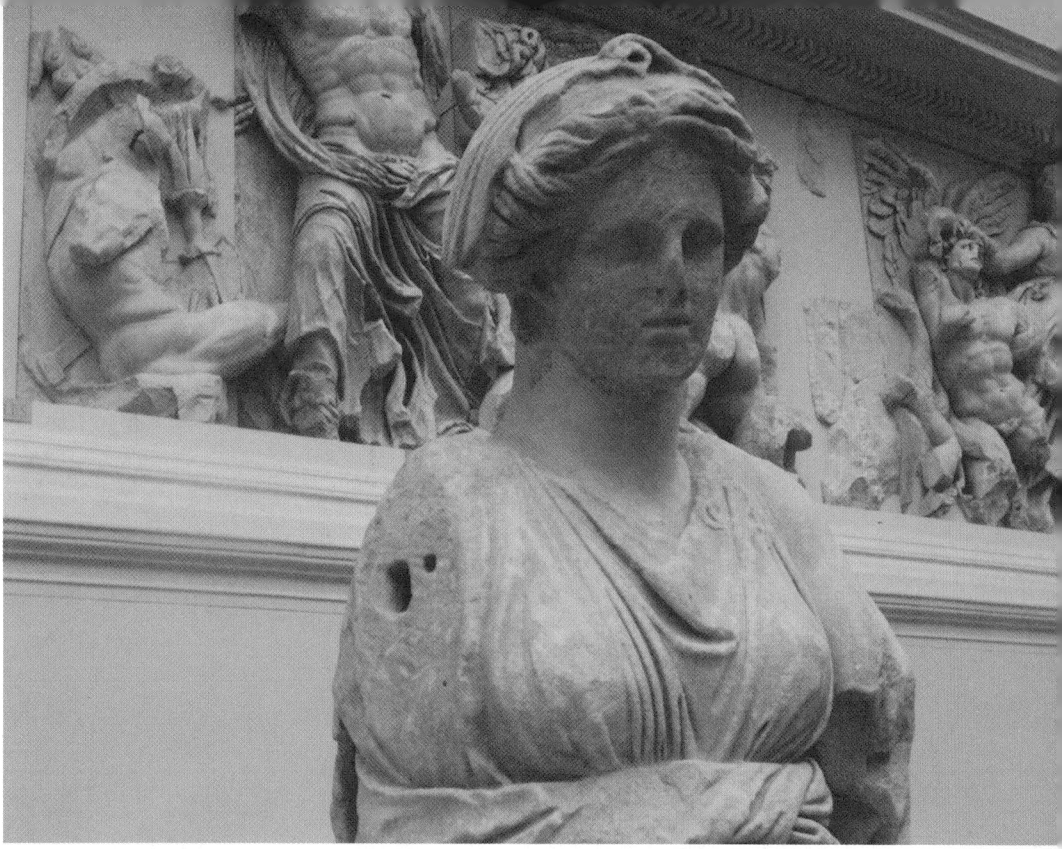

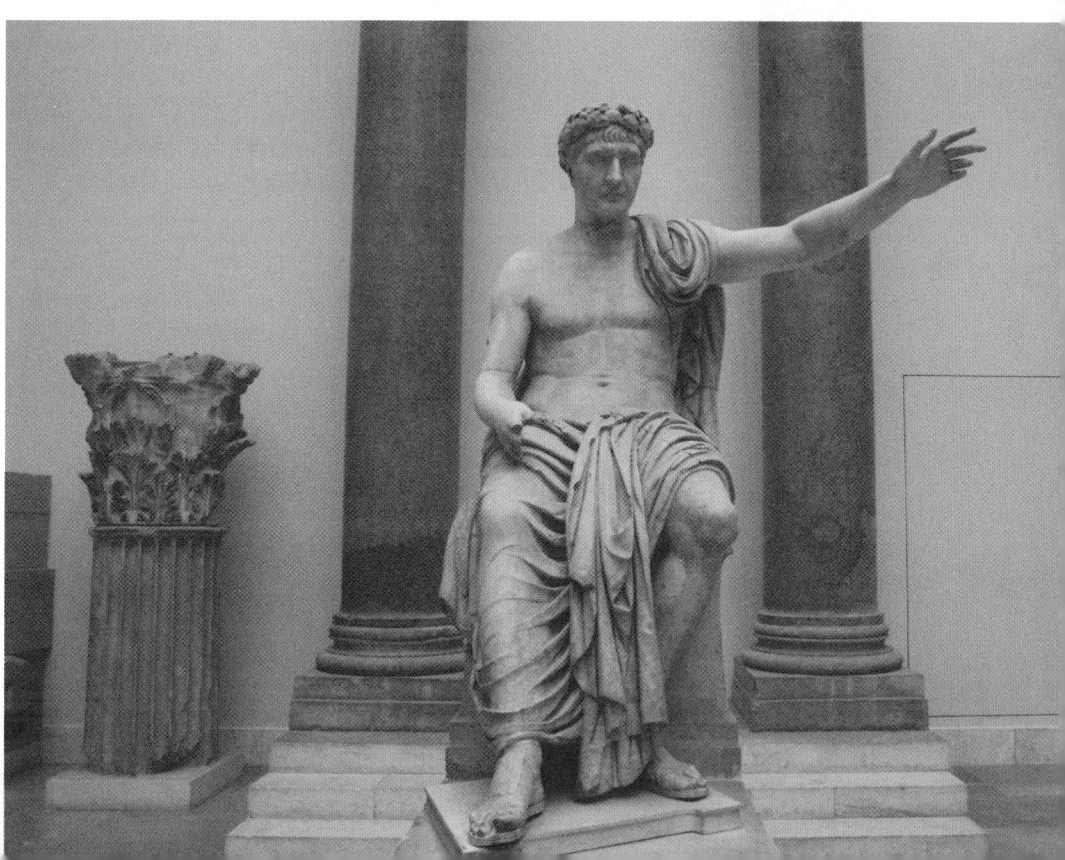

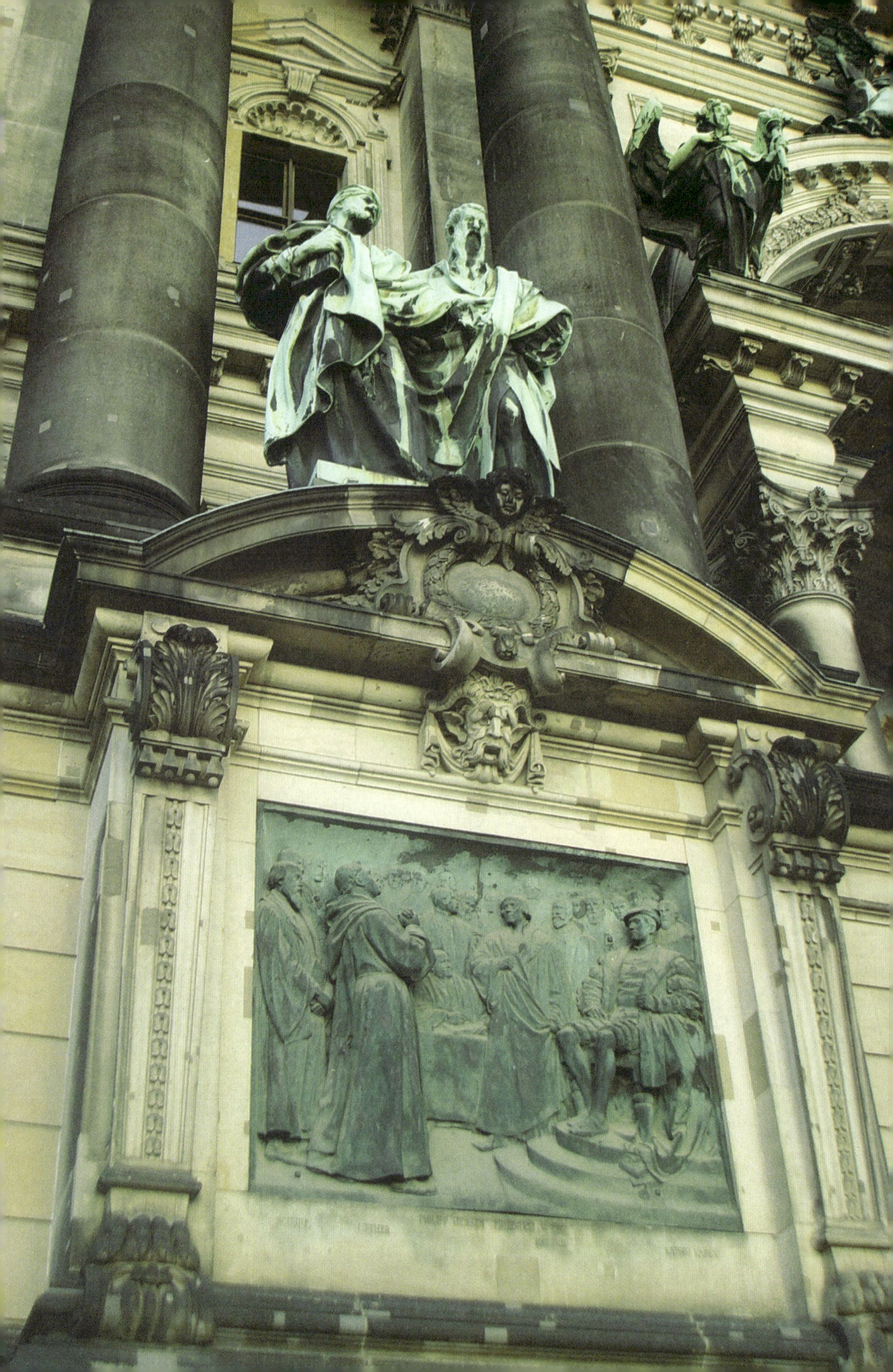

观，受益匪浅，写实派、现代派、抽象派、古典主义、印象主义都有，许多名画可谓精美绝伦，人物情态逼真，风景亦是栩栩如生，极为生动。不过，那帧骑马铜像，和画廊整体风格似乎有些不太协调。"

10月21日上午，我们再次来到博物馆岛，这回是参观柏林新博物馆。所谓新博物馆是相对于1830年就开馆的老博物馆而言的。新博物馆开馆于1885年。导游老刘告诉我们，新博物馆在二战期间曾被严重炸毁，藏品即被转移。直到1997年，德国政府才开始翻修新博物馆，共花费二亿欧元，于2009年10月17日才建成并正式对外开放。开馆那天，德国总理默克尔也来观看了著名的埃及艳后。那天我的日记是这样记录的："十时整，进入柏林新博物馆，门口的工作人员手持计数器计数。参观从一楼开始，文物摆放有其自己的特色，金银铜铁等小物器都放在玻璃柜里。树皮制作的古代书籍，也陈列在玻璃柜中，那些天书一样的文字我虽然不认识，看起来也舒服顺眼。石器、雕塑、大型木彩人像等立在显眼的地方。在地下室中心地带，有几口庞大的石棺，棺壁都有雕饰物，棺盖更是人物的全身造像。著名的埃及艳后在二楼，她头戴桶状的冠帽，塑彩，模样端庄，面部轮廓如刀削般俊朗，眼睛可能是仿真的，可惜右眼丢失了。这里聚集的参观者较多，有三四个身着制服的保安，随时制止准备偷拍的游客。继续参观，在一块壁刻画上，有埃及艳后的完整造像，她端坐在凳子上，肩上和腿上各有一个婴儿，在她对面是一个男人，可能是她丈夫也未可知。有一幅彩色浮雕画特别精美，一对青年男女相互赠送礼物，可能反映的是爱情主题。三楼的展厅以墓穴为主，陈列着不少古人的骨骼，还有一具完整的尸骨陈列在简陋的石棺里。两个多小时的参观是匆匆的，有意犹未尽之感。在三楼的出口处，有一巨大的签名册，我也用汉字在上面签了名。"

其实，我们来柏林博物馆岛不仅是这三次参观，还有数次光顾。在柏林的七八天里，似乎每天都是围着博物馆岛在转。在参观柏林大教堂时，在参观马克思、恩格斯塑像时，在眺望柏林国家图书馆时，在老皇宫旧址凭吊时，都在博物馆岛上，甚至在去国会大厦参观，去犹太人纪念馆参观，也从柏林大教堂前的古桥上经过。而10月22日下午，我们在听施耐德先生讲授古建筑保护的有关知识时，课堂就设在柏林老博物馆前的广场上。那天同样是寒冷异常，阴雨绵绵。老先生被冻得够呛，清水鼻涕都流下来了。但他仍然站立在冰冷的广场上，手里拿着各种老建筑图片，给我们讲老皇宫，讲柏林老博物馆，他说柏林老博物馆代表的是德国典型古代美学思想的建筑，许多德国人都喜欢。

可惜由于时间紧张，我们没有进入老博物馆参观。而另一家博德博物馆，我们也因为内部整修而错过了参观的机会，可以说是稍有遗憾。但通过对另外三个博物馆的参观和德国朋友的讲解，我们对博林博物馆岛上的博物馆群的历史和馆藏物品，还是有了大致的了解。

海德堡的废墟

早上在斯图加特上车时，感到头昏，有感冒的症状，吃了一包正柴胡后，一路昏睡。

到达海德堡市时，还不到十点，正是参观的好时间。

海德堡是个袖珍小城，只有14万人口。城市分布在内卡河两岸。河上有一座老桥，桥身的石头是红颜色的，名字就叫老桥。桥头有城堡，有雕像，还有一帧金属的人面鼠身的动物造像，像蛤蟆一样趴在桥头栏杆上，手里还拿着一面铜镜，可能有什么特殊典故，导游介绍时，我心不在焉没有听清，从大伙的笑声里听来，大约是有些情趣和意味吧。隔河看过去，彼岸的山上全被森林覆盖。据说，森林下边有一条教授小道（一说情人小道），是海德堡大学的教授们一边散步一边思考问题走出来的。我望不见小道在何处，想必已经落满斑斓的树叶，想必也正有教授或情人走在上面，那一定是美轮美奂的。不过掩映在树丛里的一幢幢别墅，随山势而上，错落有致，造型各具特色，却是十分的漂亮。

城市虽然不大，海德堡大学却是举世闻名，一共出过八个诺贝尔奖得主，著名思想家黑格尔就是这所学校的高材生，发明自行车的浪漫主义诗人艾兴多夫也毕业于这所大学。我们从这所高等学府门口经过时，看到面临广场的一个侧门台阶上，坐着三个背书包的女学生，一边吃东西，一边看书。爱吃零食可

庞大宏伟的海德堡废墟

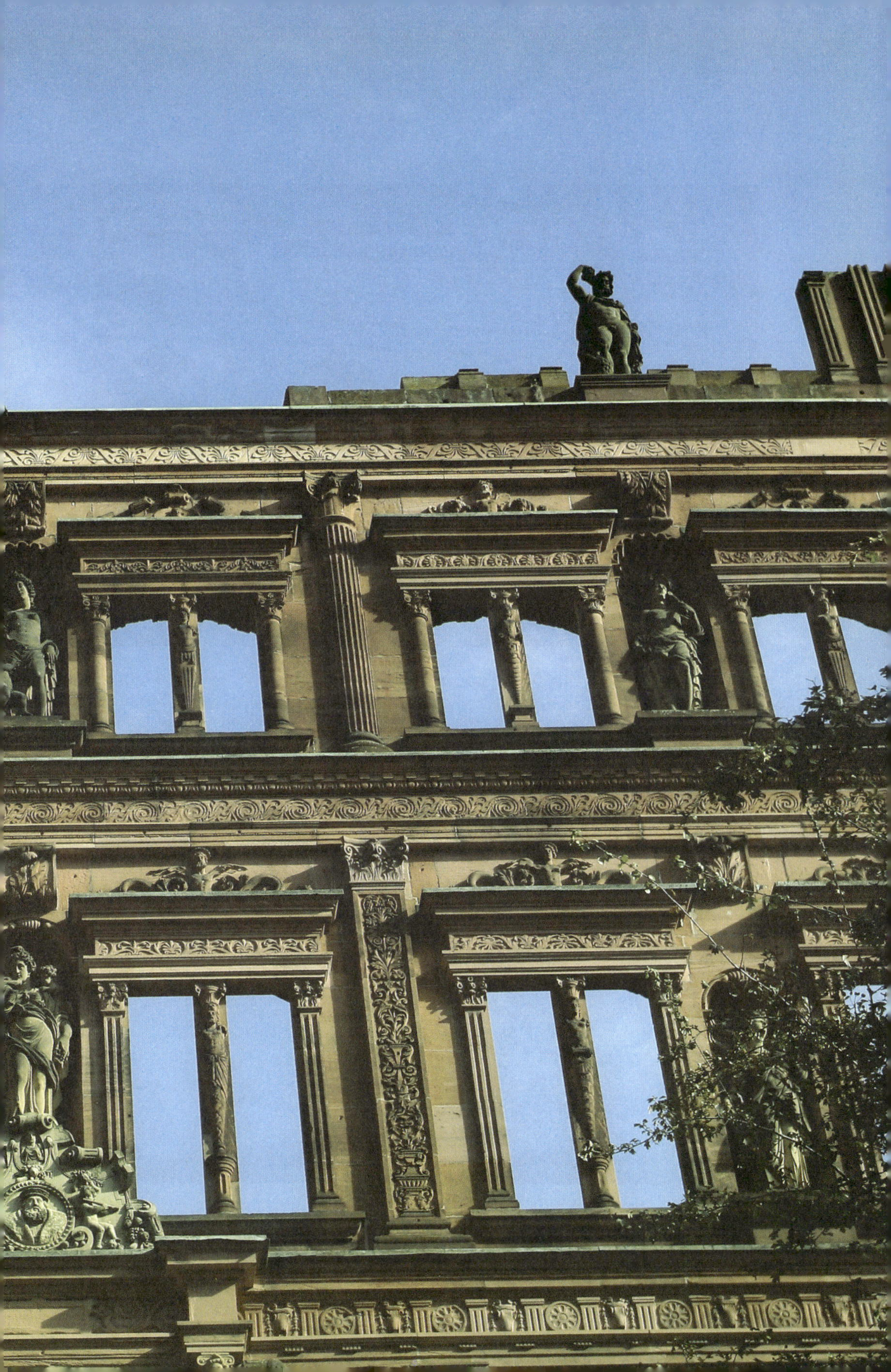

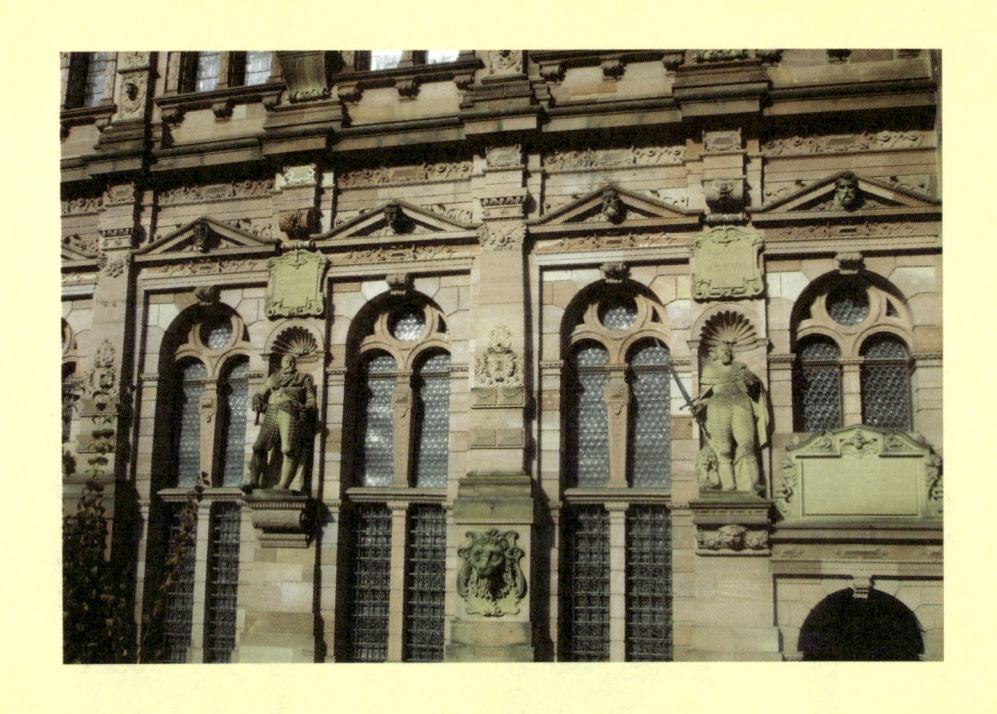

世界闻名的大酒桶

海德堡废墟一角

能是女孩们的"通病",但没想到我们队伍里有人拿相机对着她们拍照,待她们发现时,发出了尖叫声,还友好地跟我们挥手打招呼。

既然来到海德堡,闻名遐迩的海德堡城堡是不能不看的。穿过一条老街,是一个阳光普照的小广场,广场周边的酒吧门口,摆着许多桌子和凳子,不少游人或当地人坐在那里一边晒太阳,一边安闲地喝着咖啡或啤酒。从广场穿过,拐进一条小巷,就可以看到通往老城堡的小路。路不宽,只能通过一辆马车,是一条长长的斜坡,铺着块石。原来,城堡坐落在一座约二百米高的小山上。这是一截大约有二三百米长的路,路上落着金黄色的树叶,一边是木栅栏,一边是石砌的高墙,高墙上坠着绿色的藤蔓。走在石板路上并不容易,看起来不算陡的坡,没走几步,就气喘吁吁了。

登上城堡的大阳台,俯看下去,内卡河流经奥登山狭窄的山谷,城市分布在内卡河的两岸,也呈狭长型,一端是新城,一端是老城。没有高楼。最高的建筑依然是教堂的塔尖。内卡河里有一艘游船,缓慢地行驶。和易北河上穿梭如织的游艇相比,有些形单影只——也许这就是小城的节奏。

城堡全部是红石头砌成的,气势磅礴。城堡内部结构极其复杂,楼梯上下,左拐右抹,全是房间,有居室、宫殿、储藏间,大大小小不计其数,大的厅有半个篮球场大,小的房间也能开个圆桌会议什么的。据说,城堡的建筑,从13世纪开始,一直持续四百多年,因此,建筑风格也出现了多样化,哥特式、巴洛克式和文艺复兴式,三种风格进行了奇妙的混合,也十分的协调。仔细观察,整个城堡的防御工事非常坚固,墙的厚度极其夸张,最厚达一米多。但即便这样,也没能抵挡得住法国人的进攻。17世纪,曾两度被法国人摧毁,城堡的主人不得不弃城逃走。我们现在看到的城堡,是在19世纪末重建的,也是因为经费不足,重建工程半途而废,主体建筑只恢复到可以利用的功能。从这一点可以看出,被摧毁前的城堡是何等的气派和奢华。

我们顺着楼梯,一直来到城堡顶层大平台(或内院)。从大平台上可以看出，未修复的部分仍为残垣断壁，有许多房间只有一面外墙。仅仅是这面外墙，也足以让人震撼。难怪大作家马克·吐温来参观城堡遗址后，由衷地说，残破而不失王者之气，如同暴风雨中的李尔王。

顺着另一个楼梯下去，就来到了陈列着橡木大酒桶的大厅（酒窖）。初一见大酒桶，不由得会惊叹地张大嘴巴，酒桶之大，比我想像的还要大，能储存葡萄酒22万公升。这个庞然大物周围，吸引着许多游客拍照留念。大酒桶上挂着一个红发木雕人像。关于这个人像，还有一个传说，很久以前，有一个名叫佩克欧的宫廷弄臣，受命专门看管这个大酒桶。谁知道这是一个千杯不醉的酒仙——如果他会做诗，就相当于我们唐朝的李白了。这个佩克欧平日里以酒代水，一喝一个饱。但也会借酒助兴，自娱娱人。时间长了，大家为他健康着想，就劝他像正常人一样，该喝酒时喝酒，平时解渴什么的，就多喝些水。谁知，佩克欧在喝下一杯水之后，倒地暴死。城堡的主人为了纪念他，就请人刻了一个他的木雕像挂在酒桶上，并封他为酒仙，希望以后酿出来的酒都很好喝。这个传说一直流传，虽说有些夸张，也还靠谱。因为类似的故事，在我们周围也有。

还有一个传说，是关于歌德的。这个举世闻名的大作家，一生曾八次来海德堡，一来是因为小城的美丽和城堡的神秘，另一个原因，是与一位名叫玛丽安娜·冯·维蕾姆的姑娘有关——两人邂逅后，产生热恋。在浪漫的大诗人的《东西狄凡》一书中，到处可见这种炽热情感的流露。诗人还不由得吟唱出了"我的心遗失在了海德堡"的凄艳的颂歌。

听导游介绍，为了纪念城堡遭受的劫难，海德堡人在每年六月、七月和九月第一个星期六的晚上，举行"火烧城堡"的集庆活动。这种火烧，当然不是真的放火，而是在晚上，借助灯光和烟火技术，再现当年法军攻打城堡的历史。远远望去，残破的古城堡上，火光冲天，烟雾缭绕，壮观而惨烈。可惜我们来的不是时候，没有赶上这样的纪念活动。

大雾纷飞
来不及退潮的
高水位

昨天她病了
火山之巅
铭记著
确有的那么一场
间隙性休眠

下卷

迷失在无忧宫外的森林里

无忧宫在德国的知名度很高,又离柏林不远,游客自然不少。我们去的那天,天气依然阴沉,虽然无雨,阳光也没有露出厚厚的云层。但是,在阴郁的天空下,无忧宫依然金碧辉煌,让人流连、迷恋。

我在无忧宫走马观花一圈后,便和蔡教授从无忧宫的门前广场拾级而下,绕过巨大的喷水池,走进了广场右侧的森林里——据说,这是古代王国的皇家花园。进入森林,又是另一番景象,人顿时小了很多,就像大树下的一棵小植物,不成比例。森林并非无边无际,从一条条纵的、横的、斜的路上望向尽头,会看到远处隐藏在森林后的古建筑。

是的,森林里有许多条路,横竖交叉,三四米宽的样子,路边的树木挺拔高大,让小路看上去更为窄小,真的仿佛"羊肠"。路全是细沙铺面,可能是连日阴雨的原因吧,沙子都是湿的,走在上面,软软的,有些湿重。路边林下,每隔二三十米远,就有一尊雕塑。这些雕塑,都有自己独特的造型语言,经多年的风吹日晒,陈旧而暗淡,映现出日月的沧桑。由于这些雕塑大都取自圣经故事,解读起来并不容易。好在雕塑太多,我也没有时间在一尊尊雕塑前细细考究,大致看一眼就赶往下一个雕塑。蔡教授兴趣更不在此,他跟我约好,午时在停车场我们的大巴车前相会,便独自散步去了,待我转身,看他的身影已经隐入另一条便道中。

　　林中的路看是横七竖八，其实也是有规律可寻的，就是二三百米远时，有一个圆形小广场，有六条路在此向六个方向扩散，就像我儿子画的画，小广场是一枚太阳，六条路是太阳发出的金光。奇怪的是，随便选一条路走去，不多远又是一个同样的小广场，同样扩散出六条路。这样一来，我便在林中迷失了方向。我想，千万不能纠缠在这些迷宫式的路上，得走出我自己的心情来。我看一眼手表，还不到十点，完全有时间让我好好想想这些树木，摸索一下树木的性格，感知一下它们的性灵。

　　我从小路直接切入林中。

　　树的品种大约有四五种（我不是植物学家，实在叫不上名字），但是由于读过不少欧洲各国的小说，常看到"榉树"，"菩提树"、"黑森林"这些字眼，便猜想哪一棵树是榉树。这样的猜想当然是无厘头的。但知道的一点是，我眼前的这些树都是可以放"大个子"的，树高有三四十米样的样子，粗的我抱不过来，就是再加一个人也抱不过来，细的也有我合抱粗。我在林中一棵棵搂抱大树的样子，别人看到会感到可笑，觉得我这个外地人实在是少见多怪吧。

　　林下是遍植草坪的平坦的绿地，由于林中久不见太阳的缘故吧，这些草都细小瘦弱，不是那种绿油油的好看，透出一些被欺凌的委屈。不过走在上面还是挺舒服的，我也就乐意到处跑跑了。林中的气味当然清爽新鲜，不经然的那种树味，还是能感受得到。这样的树味，我在东北的白桦林中也闻到过，讲给同伴的朋友听，他们不相信树还有树味。我跟他们讲不明白，只好自己独享。在遥远的德国森林中，这种树味再次袭来，虽淡却浓烈，虽缥缈却真实，入心入肺，有种特别亲切的气息萦绕不散。我有些贪婪，一棵棵抚摸，似乎这些树就是我家的花园——虽然只是片刻的拥有，我也有种满足感。同时也不由得想起中国古代那些醉卧桃花、闲情偶寄的名士，想起他们长年隐身大自然，与山林为家的潇洒。

无忧宫外的森林

无忧宫森林风光

无忧官附近的风光

这些天跑下来，感觉德国的森林很多，而且森林的风格，有些德意志民族的气质，或者说，德意志民族的气质中，充满着一种森林式的风格：稳重、深沉、内敛、肃穆。同时，森林的另一面，便是幽深和恐怖，有一种令人不寒而栗的精神氛围，所以也就不难想象，德国会产生那么多大思想家、大哲学家、大文学家和大音乐家，产生过歌德、普朗克、贝多芬、黑格尔这些一流大师，如果可以，马克思也应该算上——他们都站在各个领域的最顶端。

当我在无忧宫外的这片森林里遐想时，这些大师再次浮上我的脑海。我不能确定他们取得的伟大成就是否和森林有关，和森林里的气味有关，我只知道，那个叫伊曼努尔·康德的家伙，他在每天下午三点半钟，沿着生长着菩提树的大街，走到菩提树林，片刻之后再返回。所以，街区的居民就把这条街称为哲学家路。某一天下午，又是相同的时间，当这位巨人再次驻足在菩提树下时，又开始自问那个问题：我眼睛看到的，是菩提树吗？还是说它们这种现象应该和某种理智相结合呢？灵光突然一闪，心中萌出新芽，三部《批判》就此诞生。正如赫茨对他的评价，他"为了寻找上帝，疯一样地追问菩提树，结果却寻找到了人"。就在不久前的一天凌晨，导游老刘领我们来到这片位于柏林市区的菩提树林，他满怀崇敬之情地给我们介绍康德和菩提树的关系。当时我没有感觉到他的话的真实意义。现在，在森林里和大树亲密接触时，我认同了他的观点，康德的哲学成就，确实和菩提树有着某着牵连。

其实，和森林树木有关的巨人，何止一个康德啊，比他稍晚的辩证哲学鼻祖黑格尔和著名哲学家叔本华都出生在图灵根的森林地带，森林在他们心目中成了力量的化身。还有一度受到中国青年学者追捧的尼采，他更加崇尚自然，图灵根的大片森林，也让他产生过哲学的顿悟。难道这仅仅是偶然的巧合？再来看看存在主义哲学家雅斯贝尔斯吧，他从小就有个习惯：常常在自我挣扎和内心冲突最激烈的时候，独自一人跑到森林中去寻求精神的出路和信仰。

德国森林和文学、哲学巨人的关系，让我想起我国的一些隐士和山水诗人，想起陶渊明、孟浩然等历代文人，如果不是长期生活在乡村，过着农耕生活，能写出那么多优美的田园诗？也好比巴西的热带雨林和桑巴舞大师，二者都是密不可分的，甚至巴西的足球都和热带雨林有关。歌德住在魏玛的时候，经常在森林中散步、思考，为了写作，还专门在林中盖一幢小白房子。在德国诗歌的漫漫长河中，和森林一直有不解之缘的，还有普鲁士诗人恩茨·维彻特，他是赞美森林的天才诗人，自称"森林中的漫游者"，他从童年起便生活在大片的森林中，甚至他的葬礼也颇为耐人寻味——跟随他的灵柩和鲜花一同下葬的是他的遗稿《死亡的森林》，可见他与森林的亲密无间。

　　漫想有时真是漫无边际，思维也完全开放了。《森林中的十字架》也从记忆深处悄然浮现。这是一幅德国名画，作者是谁已经不记得了，但是画面上的森林被赋予了一种浪漫主义的奇妙感觉，却是深深印在了我的脑海中。德国绘画并不出众，这一幅的特别之处，就是宁静中透出一种肃穆和别具神韵的灵性。我此时所在的森林，浓密的树冠覆盖下的林间，确有一种神秘气流在涌动，加上我失去了方向感，使这些四面八方涌动的气流直接浸浊到灵魂，仿佛置身于一个未知的世界。不知出于什么心理，我突然有些害怕。在超然世外的森林里，深秋的空气硬硬的冷，四周寂静的可怕——我明知道在森林中离我不远的某个地方，蔡教授也和我一样在散步，更知道无忧宫广场附近还有更多的同伴。可这种怕的情绪，向瀑布一样疯涌而下，包裹在我周围。我明知道"森林中的十字架"没有什么可怕的，冥冥中感觉一定有神灵在庇护我，情绪反而安定下来。而此时，耳畔（也许是灵感）突然响起一种舒缓的音符，如乐曲一般，从遥远的地方渐渐迫近。是什么声音呢？鸣叫的小鸟？流动的溪水？风吹动的枝叶？都像，又都不像。德国音乐家和德国哲学家一样，是个大师云集的群体，随便一想，便会想起一大串如雷贯耳的名字，正如有人总结的那样，巴赫发现了永恒，亨德尔发现了光辉，贝多芬发现了悲痛和胜利，舒曼发现了生命，门德尔松发现了欢乐，瓦格纳发现愤怒和苍穹，勃拉姆斯发现了忧郁，格里克发现了英雄，威柏发现了希望。他们都以极大的热情讴歌森林的无边和伟大，如勃拉姆斯的《林中夜》、威柏的《森林的女子》等，都足以不朽。可以毫不夸张地说，没有哪一个民族在这样短的时间内，为世界奉献这么多的音乐大师。而且，在他们中间，比较谁超越了谁，已经变得毫无意义。他们每一个人都是一个星座，都是一座高山。难怪有人说，德国的古典音乐，透出的，就是森林的气息——又是森林——是的，我正置身在森林，森林也赐予了我灵感，让我的思想像奔腾的野马，狂奔不止……

正是十月末的晚秋，或者说初冬已经光临了德意志，林子里的秋景渐渐深了，许多树叶呈金色或黄色，但还停留在枝头，也许只要一夜秋风，林中树下便会有层层的落叶。

我徐步向前，一条清澈的小河挡在面前。透明如镜的河水里，倒映着丛林，让我从迷失的方向里，回到了现实。

闲庭信步的大雁

在德国各地旅行中，已经多次和鸟类不期而遇了，它们最大的特点就是不怕人，还主动和人亲近。更让我惊异的是，它们不怕中国人。按理说，中国人对鸟类曾有过伤害——在一段时间内，有人用各种智慧和手段来捕杀鸟类，鸟枪打，撒网捕，笼子罩，我小时候还用绳子扣过，总之，无所不用其极，把鸟捕杀，并据为己有，烧了吃，烤了吃，炖了吃。记忆里，农村集市的街边，一只野鸭三毛钱，一只野鸡五毛钱，一只大雁八毛钱，它们有的中了枪，有的伤口里还渗出鲜红的血。但是，德国的鸟类不记仇，对我们这些刽子手出奇宽容和友好，跟我们相望，跟我们微笑（我看过它们微笑的样子），跟我们打招呼。如果你有闲情逸致，拿面包屑来逗引，就有鸟类跳到你手掌里来吃食。难道不是嘛，同行的许多人，都在途经的湖泊中喂过天鹅、鸳鸯等珍贵的鸟，似乎要为中国人证明，看，我们也是你们的好朋友。所以，对于德国各地的鸟和人亲近，我已经见怪不怪了。

但是，在慕尼黑奥林匹克公园，当成群的大雁在我身边闲庭信步时，我还是稍稍吃了一惊。

大雁我是不陌生的，如前所述，还在不太遥远的三四十年前，每年秋冬季节，在我们头顶湛蓝的天空下（是的，那时候的天空还是湛蓝的），会有成群成群的大雁飞过，真的如儿歌里所唱，一会儿人字形，一会儿一字行。我们躺在太阳下，能清晰地看到大雁扇动的翅膀，甚至能感受到大雁扇动翅膀带来的气流，看它们不断变化的队形，看领飞的头雁突然闪到一边，再接到队伍的尾巴上。同时我也知道，有许多称作"雁客"的人，他们或手持喷砂的鸟铳，或带着用剧毒农药浸泡过的饵料，也或是别的什么工具，潜伏在某处湖边的草滩或大片的麦田里，观察雁阵落脚夜歇的地点，然后设下圈套或撒下药饵，总有许多大雁命丧它们迁徙的旅途中。那成群的大雁，越往南飞，减员越多，规模越小，到最后，只见雁南飞，不见雁北返。很长一段时间里，这就是中国大雁的基本命运。

慕尼黑奥林匹克公园里的大雁成群地散步在草地上，旁若无人地吃草，对于我们这些来自异国他乡的陌生人，没有表现出惊奇（其实已经是友好的表示），一只只伸着颈，安静而用心地用着早餐。雁是芦雁——有没有这个品种我不知道，芦，是一种颜色，即芦花色，灰中带着星星点点的白。我们到达时大约是早晨九点左右，太阳从薄薄的云层里刚刚露出脸来，整个公园呈现在一种祥和、温馨的色泽中。大雁就在路边，草也不是什么好草，就是通常见到的人工种植的草，按说，这种草是没有营养的，皮薄，纤维多，没有草浆，和大雁同类的鹅、鸭都不吃吧？但是大雁不挑嘴，埋头进餐，由于离我近在咫尺，我能听到它们发出的嚓嚓声。我静静地看着它们，欣赏他们，他们的从容和优雅，让我心生感动。

吃草的大雁顺着一个方向吃过去，似乎约好一样。但是，也有三四只大雁，向路边不抬头地吃过来。我悄悄蹲下，看它们肥肥胖胖的样子，看它们黄黑相间的嘴，看它们的扁嘴速度极快地把一根根草扁在嘴里，不经咬嚼就吃下一棵。这样的吃法太神奇了，仿佛机械化动作。前边的一只大雁，吃到路边，抬头看我，两只眼睛亮亮的，目光柔顺，看我几秒钟后，侧转身，继续边吃边行。它后边的几只大雁也侧转身，跟着它。我想大雁在用餐时也有头雁吧。我手里拿着相机，不敢拍它们，怕它们受到惊吓。

慕尼黑奥林匹克公园里的大雁，和我小时候见到的大雁一样（即便有细小的差别我也记不住了），只是个头稍大一些，也更憨厚一些。公园很大，有许多小山包，随高就低地植满绿树和草坪，在山包之间的洼地里，是一个个湖泊。慕尼黑人在建造公园时，是按基本的地理条件设计的，并没有挖山填湖，平整土地，搞什么"三通一平"，而是根据地势，设置一个个体育场地，一个带跑道的巨型体育场，居然就在三面环山的谷底，而数万个看台就修建在山坡上。我和张远鹏博士结伴在公园各处散步，和几群的大雁擦肩而过。公园人迹稀少，只有个别锻炼的人在公园便道上跑步。此时，如果不是我们二十多人的闯入，公园里的主角应该只有几群大雁和其他鸟类了。

我们散步到中心湖泊的湖坡上时，草地上湿漉漉的，似乎还飘摇着细小的水珠，我一脚踩上去，感觉脚下一滑，摔倒在地，顺着陡坡，"哧溜"往下滑去。下边就是湖泊，眼看我就要和湖中的野鸭为伍了，慌忙中，我手脚并用，才止住了滑行。当我小心从湖坡的草地上站起来时，才发现，在草叶和草叶中间，全是大雁的粪便。这些粪便，无论是新鲜或不新鲜，全是青绿色，和草的颜色别无二致，如果不细看，以为粪便也是草的一部分。我这才发现，在不远处的一片矮树丛左侧，又有一群大雁正在埋头吃草。哦，原来它们刚刚从这里经过，所谓"雁过留声"，是要先留下大量的粪便。再看我身上，右侧的上衣和裤腿上，全是青绿色了。我以为粘上大雁粪便的身上一定会散发出异臭味。让我再次稍稍惊讶的是，这些淡淡的异味并不是臭，而是和青草味近似。大约大雁和鹅鸭一样，也是直肠子吧，吃什么排什么，吃的是草，排的也是草，一边吃一边排，当然就没有臭味了。

雁，在我国是入画的，是中国画的传统题材。也是入诗的，关于大雁的诗有很多。在我阅读经历中，历代的诗人、画家，都留下了许多表现芦雁的作品，这些画面上的大雁，或飞、或鸣、或食、或宿，形象都极其生动逼真。最

奥林匹克公园里的大雁

奥林匹克公园风光

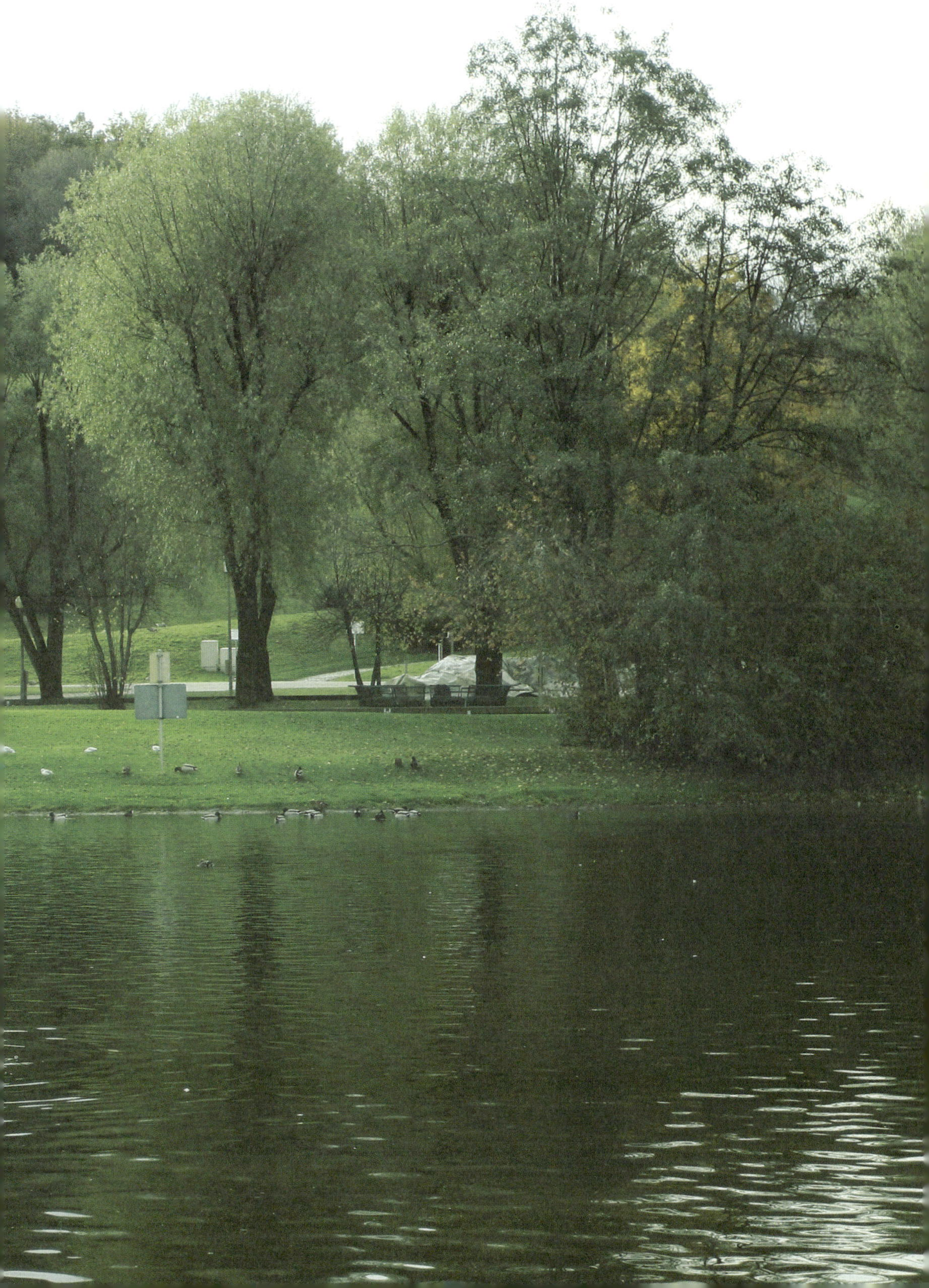

有名的要数那个边寿民氏了，他的《芦雁图》，是中国花鸟中的极品，形象栩栩如生，造型极为准确，摆脱了前人繁细的表现手法，删繁就简，几笔下来，形神兼备。边氏的画雁，喜欢在雁的喙间、足部略施赭黄色，使墨彩达到了和谐的统一。秦祖咏在《桐阴论画》称边氏作品曰："泼墨芦雁尤极著名。所见不下十余幅，笔意苍浑，飞、鸣、游泳之趣——融会毫端，极朴古奇逸之致。芦滩沙口，生动古劲，有大家风度。"关于大雁的诗，更是数不胜数，著名的有唐代卢纶的《塞下曲》："月黑雁飞高，单于夜遁逃。欲将轻骑逐，大雪满弓刀。"高适的《别董大》："千里黄云白日曛，北风吹雁雪纷纷。"李白的《千里思》："胡雁度日边，风雪迷河洲。"贺朝的《从军行》："天山漠漠长飞雪，来雁遥传沙塞寒。"宋代苏轼的《和子由渑池怀旧》："人生到处知何似，应似飞鸿踏雪泥。"金代元好问的《惠崇芦雁》："雁奴辛苦候寒更，梦破黄芦雪打声。"所谓"雁奴"就是晚上打更之雁，附近稍有响声，它们就立刻鸣叫报警，接着，群雁也随之惊起鸣叫，一声声此起彼伏。这时候，如果想抓到它，就很难了。

　　古人关于雁的音乐，我没有听过，不敢发言，但当下曾经一度流行的《鸿雁》，是一首好听的歌，怕是不少人都公认的吧。在一次酒宴上，朋友们喝了不少酒，小说家荆永明先生主动站起来，为我们助兴一曲，唱的就是《鸿雁》，歌声辽阔、苍茫，感染了在场的许多人，大家也情不自禁地跟着旋律，深情而悠扬地哼唱起来：

　　　　鸿雁 天空上
　　　　对对排成行
　　　　江水长 秋草黄
　　　　草原上琴声忧伤

　　　　鸿雁 向南方

飞过芦苇荡

天苍茫 雁何往

心中是北方家乡……

歌是好听的歌。可当歌声停时，不知谁说一句，好久没见雁南飞了。于是，气氛忽又凝重起来。是啊，什么时候，再能见到"对对排成行"的鸿雁呢？慕尼黑奥林匹克公园里的大雁是幸运的，它们悠闲地散步，毫无戒备地吃草，友善地和人类亲近，如果它们想飞，会像我们歌声里唱的那样，天空下，向南方，飞过芦苇荡；如果它们想栖息停居，任何一个地方都是它们的家……

汉堡道上

去汉堡的那天正值阴雨，坐在大巴里，看着窗外阴郁的天和湿淋淋的空气，想必一路的心情也好不到哪里去。但出乎意料的是，从柏林到汉堡的路上，高速公路两侧展现出的美轮美奂的无限风光，却让我心情大爽。

一出柏林市区，仿佛进入了一个森林的世界，但见路边成片成片的树木，高大而茂密，色彩也深浅不一，可以说赤橙黄绿青蓝紫，无奇不有，在深秋的阴雨中，洒脱地展现着自由自在的身姿，抒发着惬意安逸的情怀。德国人对于树木的宽容和尊重让人赞叹，没有人刻意去修剪，也没有人去采伐，任其生长，任其枯死。我想，树木也是有思想的，那些杂乱无章的树种，毫无规则的树型，歪歪扭扭的权枝，层林尽染的树叶，都出自自我的需要，出自精神的表白。不然，它们何以如此的豪华、气派？何以如此的昂扬、奋发？

透过车窗的玻璃，我目不转睛地盯着无边无际的森林，试图从细节中找到某种规律，得到某些启发。落叶当然是森林中常有的风景，它们静静地躺在地上，厚厚的一层。那些朽干枯枝，也以树叶的方式自由落体，横在林间的空地上。也有枯死的大树，或歪斜，或倒下，或直立于林中。无论是树叶、枯枝、大树，生命虽已消逝，却仍以特有的方式回报培植它的土地，化成泥泞，滋润土壤，培植新苗……

高速公路向前无限地延伸，两侧的森林也同样的一望无际。

如果一路上尽是森林，也未免太单调了。我正在思忖的时候，仿佛电视的频道，突然切换到一片鲜嫩而耀眼的草原上来，呈现在眼前的是大片的翠绿，突然的有些晃眼，有些难以适应，以为又到了另一个世界。没错，紧挨着森林的，是一片片牧场，牧场平整得就像足球场地，就像刚刚修剪过。牧场上并没有太多的牲畜，偶尔有一两头牛马，也是被围栏隔在各自的领地上，安闲地吃草。在草原上，还会看到几个打包的草捆，星星点点地散布在绿色里。也会看到一两只孤鸟，甚至是奔跑的野兔。当然，那转动不停的风车，虽然和整体的自然不甚和谐，似乎也并没有破坏环境，反而给草原和森林带来动感与生机。至于在草原和林子的间隔处偶尔出现的新垦地，研究世界经济的张远鹏博士告诉我，那里是刚刚种下的草籽，要不了多久，就会出现一片新的草原。

在奔驰的大巴车上放眼草原，使我完全沉湎在对宁静生活的感受中，一簇簇大小不一的林子，不规则地散布在草原上，稍远处是黑压压的原始森林。这些林子，给草原带来诗情，就像一幅写意风景画，笔墨相彰，情景相融，具有深邃、幽远的意境。一路看过来，这幅巨大风景画，在丘陵、森林和草原的不断变换中，或清淡简古，或浑厚凝重，或飘逸轻盈，豪放处雄伟纵横，细腻处淡雅滋润，让人情不自禁想走进去，遨游一番，尽情地感受、呼吸，独享那份幽寂，抑或卧躺在流水侧畔的茂草里，让敏感的心复归安静，重回自然。

柏林到汉堡有三个半小时的车程，在临近汉堡的时候，我们在一处加油站下车小憩。加油站附近的一片林木特别粗壮高大，款步入林，林中安静的让人不敢喘息，轻抬轻放的脚下，树叶在悄声说话。前行不远，林下次生灌木中竟隐藏着一条小河，河水透明、清澈，水底新落的树叶上，脉络清晰可见。林中的寂静，大树的雄壮，水边的清凉，这一切，都有一股诱人的魔力，令人怦然心动。

在加油站对面，是一片果树林，看树型，应该是苹果吧。奇怪的是，苹果

高速公路一侧的农场

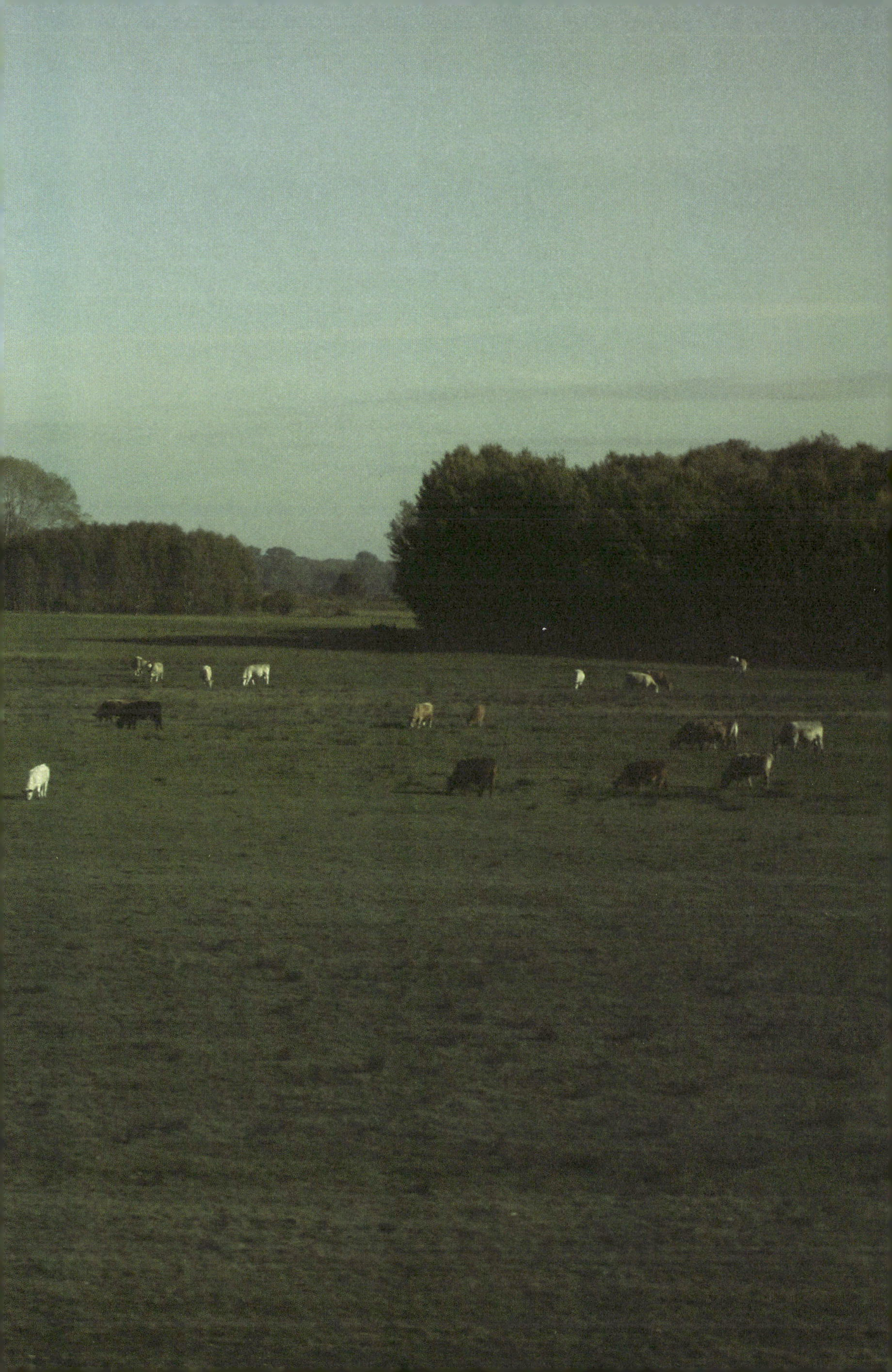

远望风车

林中还有一间一间不大的小木屋，结构简约，房型单调，似乎无人居住。隔路相望，能看到小木屋顶上的青苔。

重新上车，继续启程时，导游王超告诉我们，这是家庭林场主人的小木屋。

汉堡是个富裕的城市，百万富翁在德国所有城市中最多，同时也是浪漫的城市，号称"快乐之都"。汉堡的有钱人喜欢郊外的生活，喜欢拥有一片农场和果园。但不是每一个汉堡人都能有一片大果园的。他们便积极投入到认养苹果树的活动中来，以拥有几棵十几棵果树为乐。而农场主就适时地开发了这些果园小木屋，让他们认养几棵果树，并租用这些小木屋，星期天或节假日里，带上一家人，开着车，住进来，探望果树，顺便踏青赏花，在古老的木板房中喝一杯酒，看一本书，听一首音乐。他们也能玩出花样来，给认养的果树起名，成为果树的教父或教母，并在树上挂上主人的名字。平时，这些果树也是由农场管理的，只要在收获的季节交上二十公斤苹果就行了。

汉堡近在眼前了。目睹一路上的美丽风光，对汉堡这座依河临海的城市，增添了更多的期待。

土耳其咖啡店

　　土耳其咖啡店其实是一间土耳其人开的小店，真实店名可译成"体育咖啡馆"，但我还是喜欢叫土耳其咖啡店，因为店里的摆设太有土耳其风味了。

　　土耳其咖啡店和我们居住的旅店在同一条街上。这一带也是土耳其人集中的城区。从旅店出门向左拐，步行二百米左右，就是这家咖啡店了。在柏林的最初几天里，每天早上散步，我都要从它门前经过。咖啡店的门面太不起眼了，坐落在一个十字街上，似乎是通宵营业——我在早晨五点多钟时，还看到店里开着灯，从透明的临街的窗户望进去，吧台上似乎有人在看电视。

　　我们居住的街区在柏林的西北角上，是个偏僻的地方，街道不宽，离商业区较远，行人不多，平日里冷清的很，猜想咖啡店的生意也不怎么样吧。有一天晚上，我和蔡道通教授、张远鹏博士结伴去土耳其咖啡店喝咖啡，推门进去，不大的厅堂里，空荡荡的，除了老板两口子和一个服务员之外，只有我们三个人。我们在客厅靠外的一排椅子上坐下，大致看一眼，进门靠边有两台赌博机，正亮着红灯。在我的背后是一张老鹰的图案，这是土耳其人图腾的标志。

　　对我们的到来，老板及服务员显得格外的热情。

　　我们每人要了一大杯啤酒，一边喝一边聊，聊土耳其的历史，聊土耳其和中国的渊源，聊二战后土耳其劳工为德国重建做出的贡献，可能是气氛感染了

咖啡店里的壁画

咖啡店內景

店老板，也可能他们听懂了我们的片言只语，老板也加入到我们的聊天中，他先问我们是哪里人。当得知我们来自遥远的中国时，他们都兴奋地跟我们一边说一边比划着。蔡教授和张博士精通英语，对德语也略知一二吧，二位先生也不知是用英语还是德语，跟他们聊起来。我听不懂，只好端着啤酒杯，参观咖啡店。这是两开间的咖啡店，明显是民居改造而成的，外间迎门是吧台，吧台里的柜子上陈列着各种酒水，吧台高高的，女服务员站在里面，仿佛只能看到她脖子以上的部位。昏暗的灯光照在形状不同、颜色也不同的酒水瓶上，闪着驳杂的光芒。吧台前边有几个高脚圆椅，男老板就坐在偏右的一个椅子上，女老板也在柜台里，他们两人各拿一瓶啤酒，不时地喝一口，那种随意和家常，就像我们在家里的客厅里喝一杯茶一样。里间只摆放一个台球桌，不知是斯诺克，还是九球桌，这可能就是取名"体育咖啡馆"的缘由吧。穿过台球房，从另一个门进去，是一道狭长的通道。通道一头连接着外间，能看到吧台，另一端可能是他们的生活区，一扇门半掩着。通道的墙壁上，张贴着好几张画，不知是什么材料做的，不算精致，倒有几分卡通的意味。一个矮柜上，还靠着一幅彩塑，好像是石膏做的，一个大胡子的壮士，手拿宝剑。宝剑是真的，可惜造型弯曲，看起来像刚刚进行了一场激烈的决斗。通道也可能起着仓库的功能，一溜墙根似乎放着生活的杂物。女老板看我拿着相机拍墙上的画，跟男老板笑着叽哩几句，似乎在说，看看，连这个也拍。男老板回过头，跟我善意地笑一下。

那天我们在这家土耳其人开的咖啡店坐了不短的时间，一直就是我们三个客人。陪我们喝啤酒的，只有店主人，后来连那个服务员也开一啤酒喝起来。我们也当然要了第二杯。直到深夜十一时许，才又来了一个客人，风风火火地闯进来——看来是熟人或邻居，从长相上看，也是土耳其人，他个子不高，穿脏兮兮的牛仔裤，进来就热情而大声地跟店老板打招呼。男老板从冰柜里拿出一瓶啤酒给他，他们一边抽烟一边喝酒，快速地说笑，打趣，高兴的连烟头都掉到脖子里了。这个客人是手里拿着啤酒，和来时一样，风风火火地走了。男老板可能是受到这个客人的感染，把另一张圆椅当鼓，高兴地敲起来，当，当当当，当，当当当，当当，当……节奏感很强，看来是个发烧友。我也跟着他的节奏敲桌子，既没有他敲得响亮，也没有他那样乐感强烈的节奏。

那天我们啤酒喝得不多，但体会较深。咖啡馆有多种特性，土耳其咖啡馆面对的消费群体，是土耳其移民中的下层人士，这样的休闲和娱乐，也是他们生活的一部分吧。我们呢，只不过是一群意外闯入者。

一场歌剧教学课

一直希望能在德国看一场正宗的西方舞台剧，或看一场德甲足球赛，但我们的行程上都没有这样的安排。

在柏林的大街小巷穿行的几天中，经常会看到剧院或足球场。有一次去参观柏林墙，不期然中遇到一个庞大的建筑，一看造型，就是体育馆。我知道，无论是看一场球赛或欣赏一台舞台剧，对于我们这些匆匆过客而言，都比较的难，因为一要时间，二要经费。组织方是不会这样慷慨的。即便是自己想看，自掏腰包，也不会得到批准——我们是一个团队，每天都是集体行动。

2010年10月20日下午，在成吉思汗中餐店用完饭后，准备去参加一个公务活动。有人对这个活动不感兴趣。翻译陈泱女士听到后，似乎想起了什么，她说下午某剧场有一场歌剧彩排，不愿意参加公务活动的朋友也可以去看看，感受一下歌剧的气息。陈女士的提议得到部分人的赞成。我更是大喜过望，这几天听多了各种"基金"的介绍，也看够了形形色色的博物馆，换换口味，虽然不是一场完整的歌剧演出，也不错啊。

这是一家规模很大的剧场，在一条宽阔的大街上，看外观很气派，于朴素中，呈现出高雅、端庄的艺术气质。我们进入宽敞的门厅，从左侧台阶上二楼，先是一个存衣的地方，简易的柜台后面是一个年轻的女服务生，她很有礼貌地

歌剧院外景

IM SCHILLER THEATER

歌剧教学

接过我们寄存的外套和包，挂在衣架上，跟我们点头示意（顺便说一下，在德国的这些天，无论我们参加什么公务活动，或到大学里听课，都有一个免费存衣的地方，服务十分周到，让你决不担心会丢失衣物）。存好衣后，往右走，二楼的门厅更加宽大，地毯及四周墙壁均为淡黄色，立柱是乳白色。在大厅的中间，摆放一架钢琴，钢琴的一侧像剧场观众席一样摆着几排椅子，在半圆型临窗的一面，也是一圈蓝色的座椅，座椅前还有十几张铺着黄色桌布的方桌。这应该就是排练厅了。我们来得较早，排练厅里没有几个人，除了座椅上有几个年轻人在埋头看书，就是观众席上的三个中年女人了。她们安静地坐着，占据着前排正中的位置。我找一个地方坐下。靠近我身边是一个德国男青年，他正在看的书是一本乐谱。不多时，有人陆陆续续进来，很快就坐满了那几排观众席。二时整，有工作人员作了简短的讲话，似乎是在介绍今天的程序。在工作人员热情的声调中，走上来一个穿蓝色西装、打金黄色领带的中年男人，他身材中等，大背头梳得亮亮堂堂，精神很足。他的入场，赢得了大家长时间的掌声。从掌声中可以判断，他应该是今天的主角了。他站在钢琴旁边，很有激情地讲话，大约讲了十几分钟，可能是介绍曲目或剧情吧。大家听得都很认真，全场安静，只听到他浑厚而有磁性的男中音在排练厅回响。在他讲话结束后，上来两个青年人，一个是钢琴家，瘦高个子。另一个圆脸的青年把一本乐谱放到钢琴家的乐谱架上，很不自然地挺直腰板，还做了个搞怪的表情，其实他本身就是一副搞怪的样子，金黄色的短发，蓝眼珠凹进去很深。

到了这时候，我才感觉到，这不是一场歌剧的彩排，准确点说，应该是老师对音乐学院学生的辅导。而这个老师，也是来头不小，不光在这个大剧场音乐厅辅导学生，还有这么多粉丝来观摩。

辅导开始了。随着钢琴音乐的响起，第一个上台的男青年引吭高歌起来。他是典型的西洋歌剧唱法。但是一句还没有唱完，就被老师打断。老师示范地纠正他的发音、口型，男青年学得也很认真。接下来，德国人的严谨、刻板和专注，从辅导老师的工作中可见一斑。拿这个第一个上场的青年为例，几乎是老师唱一句，他跟着学一句。老师很卖力，肢体动作很多，中途喝了几次饮料，还把手表拿下来。可能有时候语言也幽默吧，观众席中常常响起笑声。在一个唱段的间隔，不知是老师的幽默还是唱歌青年的搞怪，引得临窗坐着的一个女青年突然尖厉地大笑起来，而且一笑就不可收拾，像吃了痒痒肉一样止不住，笑声短促而嘹亮，把所有人都逗乐了。老师也笑着望向她。以为她的笑到此为止，没想到又发出更为尖锐的咯咯声，像电铃一样响亮悦耳。还好，在持续了几次狂笑之后，她的笑还是止住了。辅导继续进行。

第一个青年唱完之后，坐在我身边的男青年举手。老师允许他上台。和第一个青年一样，他也把一本乐谱放到钢琴架上。他的表现明显比第一个要好，唱腔圆润，表情投入，老师只在中途打断他两三次。那个笑场的女青年也上去了，她是个高个子，穿长靴，丰满而白皙，典型的西欧姑娘。她一开口，就被老师指导了N次，最后连老师都装出不耐烦的样子，张着口型示范给她看。而她再一次的笑场，吊起了全场观众的情绪，在大家善意的笑声中，她终于把开口腔唱对了。

辅导进行了三个小时，到五时许结束，一共有五个学生接受了老师的辅导。不愧是名师，在整个辅导过程中，老师不断地用口型、唱腔、身体动作来辅导学生。特别是最后一个女青年，她的唱段可能是一段愤怒的控诉，老师跟她讲了剧情，还跟她分析了角色，让演唱者的情绪很好地融入到剧情中。

辅导结束时，老师和五个学生站成一排，一起向观众鞠躬。观众也报以长时间热烈的掌声。最后，老师又把年轻的钢琴家请上来，观众毫不吝啬地再次爆发出掌声。

这只是一场普通的歌剧教学课，我不想从专业的角度去解析和评价。事实上，对于西洋歌剧，我也是一窍不通，虽然我曾做过几年专业舞台剧编剧，也写过戏曲剧本，但是这和西洋歌剧毕竟是两码事。但能观摩一场高水平的声乐教学课，也是一次难得的学习和欣赏的机会。晚饭前，和参加另一批活动的同伴会合，有人调侃说，听懂了吗？我哈哈一笑，表示回答。其实，无所谓懂不懂。懂不懂只是一种感觉，我们听昆曲，听鸟鸣，听山上的小溪叮咚，听"懂"了吗？我们看甲骨文、狂草等书法，看前卫绘画，看"懂"了吗？有些艺术的形式，是只能意会而不可言传的，喜欢了就是"懂"，不喜欢了，"懂"又怎样？作为一个搞艺术的人，对没有经历过的艺术形式，感知一下，了解一下，体验一下，也是理所应当，何况，在听了这堂教学课后的感受是如此的愉快呢。

啤酒啊啤酒

有几次喝啤酒的经历，也和大家分享一下。

一次是在柏林的一个广场上。广场上有教堂，教堂的上层，二战时被盟军炸毁的一个角至今没有修复，据说并非是没有钱，而是有意保留这段记忆。啤酒的摊位就在教堂旁的广场上，是鲜啤酒，现做现卖，操作、服务、收银等各项工作都是两个年轻的小伙子，他们穿着 T 恤，系着围裙。摊位很大，在广场上一溜排开有十几米长。在做鲜啤的机器前操作的青年，可能要内向一些。送啤酒兼收银的小伙子更活泼，他托盘里端着新做的啤酒，往返在桌椅间，无论是行走，还是和客人交流，都有一些稍显夸张但很快乐的肢体语言。我和紫砂大师吕俊杰等三人路过时，被鲜啤的鲜香所吸引，也坐下来，每人要了一大玻璃缸。做鲜啤要有一段过程，大约十多分钟才做好。不久后，小伙子送上啤酒来了，一路上几乎都在说唱。他在我们面前分别放好啤酒，示意我们饮用时，主动拿起吕俊杰的相机，为我们拍照。不知是过于专业，还是特意要宝，他站着、蹲着、跪着，从不同的角度为我们拍了好多张。

鲜啤的味道主要就是一个字，鲜。喝一口在嘴里，能明显感觉到那种特别的啤酒鲜，和别的鲜味完全不同的鲜，和扎啤不一样，和瓶装啤酒味更是大相径庭，淡爽、可口，入喉有种莼菜汤的滑溜，回味中有一种清晨的感觉。鲜啤的颜色也是鲜黄色的，上层泛着白雪一样的啤酒花，好看。这一大玻璃缸的分量可不少，相当于三四瓶的普通啤酒，每缸价格只有五欧元。我曾在当地的超市里买过啤酒，也买过黑啤，看过许多啤酒的定价，一瓶两三块钱到十多块钱不等。五欧元喝这么多鲜啤酒，不贵。

在前边一些章节里说过了，德国的许多广场上，包括一些僻静的巷子里，都有露天酒吧，大片大片的桌椅摆在室外。周围环境不错，整洁、敞亮，地上大都是丁石铺地，如洗般一尘不染，靠近的墙壁也是干净如新，有的会有一些古老的壁画点缀其间。可能是进入深秋了吧，一天的温差很大，早上只有四五度，中午却有十来度。露天酒吧的椅背上都搭着一条毛毯，不知道的还以为酒吧兼营毛毯生意，其实是供客人搭在腿上取暖用的。

在一条通往德累斯顿"大阳台"的巷子里，就有这样的露天酒吧，我在那里也喝过一次啤酒，不是鲜啤，也不是扎啤，而是一瓶普通的黑啤，居然也是五块钱。德国人把啤酒当饮料，不用吃菜，似乎连小点都不要，我自然也入乡随俗，但这样的喝法总之是有些寡淡的。但是，他们都去购物了，我口袋里不富裕，不购物，也不愿看那些千篇一律的商场、专卖店，选择街边的露天酒吧，一边品酒，一边欣赏德国人的街边文化，看看周围的景观和行人的神态，也是大有满足感的。

与此类似的还有一回，是专门到工厂店去购物。那一次大家都很疯狂，因为第二天就要离开德国了，再不买就没有机会了。一些女艺术家几乎倾其所有，把大把的钞票都送到了各家工厂店里。我呢，照例选择一家露天酒吧。我知道大巴车停在哪里，我也知道那个大个子胖司机一定又在看书了，去和他聊天也不错。但鬼使神差的，我还是想喝一杯。我此时的心理，应该和那些购物狂一样吧，明天以后，就没有这样喝酒的机会了。

这个露天酒吧比较小型，四五张小方桌，最多能容纳八九个人。我入座前，只有一个金发碧眼的少女在喝奶饮。露天酒吧照例只有一名工作人员，我要一瓶黑啤酒，价格七欧元，不算便宜。我要了一只酒杯，把黑啤倒在白色透明的

慕尼黑啤酒屋

德国街头的餐桌

玻璃杯里，才有喝酒的样子。我们集中上车返回的时间是七点，现在才四点半，时候还早，我一边慢慢品酒，一边散淡地观看周围的街景和人流。在工厂店街区间行走的人，都是匆匆的，大多数人手里都提着各式各样的购物袋。

德国人喝啤酒在整个欧洲都有名，慕尼黑啤酒节更是名扬世界。我们这次德国之旅是在10月下旬到11月上旬，慕尼黑啤酒节虽然结束不久，但我们赶到慕尼黑时，也早就没有啤酒节的味道了。慕尼黑啤酒节当地人称"十月节"，是慕尼黑的一个传统民间节日。因为在这个节日期间主要的饮料是啤酒，而且消耗量惊人，所以我们中国人喜欢把他们的这个节日简称为啤酒节。当然也有真正的啤酒节，比如英国伦敦啤酒节、美国丹佛啤酒节。传统上，慕尼黑啤酒节的举办地，在一个叫"Theresienwiese"的地方，这是巴伐利亚的方言，简称为"Wiesen"，汉语可译为牧场，据说每年大约有600万人参与其中，是慕尼黑一年中最盛大的活动。

虽然没赶上慕尼黑啤酒节，但我们在慕尼黑也大喝了一次。地点是在慕尼黑著名的一家啤酒屋，据说当年法西斯头子希特勒曾在这里做过多次煽动性极强的演讲。在导游的带领下，我们钻了好几条老街，才找到这家著名的啤酒屋。仅从屋外看，这家啤酒屋实在是貌不起眼，房子太老旧了，招牌几乎可以忽略不计。但是，里面的空间却很大，各式各样的桌子横竖摆放着，看似没有规律，实际上是最大限度地利用空间。但是，即便是在如此繁忙的大厅里，依然有一个乐队在现场演奏。我们从演出台经过时，他们正在演唱流行歌曲。我们选择靠里边的一个长方桌，似乎是酒吧里最大的一张桌子，能坐十八九个人。我们围坐一起，开怀畅饮起来。

这间啤酒屋有一个大特点，就是可以大声喧哗。我们此前吃过不少西餐店或街边店，当地人都很安静地吃东西。可这里的氛围却完全不同，许多桌子上的食客，和我们一样，一边吃喝一边嘻嘻哈哈、高谈阔论。

那天喝了多少啤酒，记不得了，只记得和许多人都干了一大杯。

邂逅

在柏林，我们所住的宾馆很不错，四星级，早餐尤其的好，餐厅也很大，餐桌和餐具十分的精致和考究。篮子里有各种水果，筐里是面包和面包片，一溜摆放的玻璃器皿里的果酱更是有七八种之多，还有各种坚果、烤肉、香肠、奶油、黄油、咖啡、鸡蛋、茶等等，真是应有尽有，每次都吃得很饱。

我由于有早起的习惯，所以都是第一个进餐厅。餐厅开门是在六点四十，事实上，六点半就开门了。每次，都是我吃完饭，往外走了，才有人陆续进来。

在一个有雾的早上，我在外面散步。柏林的早晨，六点四十天还是黑黑的，有雾的早上，天亮就更迟了。我散完步回来，刚进入餐厅，就看到我常坐的地方，有一个东方女人，不是我们队伍上的，约摸三十出头，长发，瘦脸，皮肤很亮，穿一件咖啡色低领毛衫，一条围巾随意地圈在脖子里。她坐着的地方，是这个餐厅的最佳位置，靠落地的长窗，窗外就是僻静的、有大树的马路，可以看到马路对面一块小绿地和小广场。坐在这个地方，餐厅的内景也可以尽收眼底。所以，每天早餐，我都习惯坐在那里。有一回，餐厅漂亮的女服务员给我加咖啡的时候，还报以会心的一笑。

我取了早餐，来到她对面的一张餐桌上——这里是仅次于她所坐的位置的好地方，能边吃边欣赏窗外的街景，也是很惬意的。

街景

街景

对面的女人轻轻瞥一眼我的餐盘，低头的一瞬间，笑了一下。

虽然很隐蔽，我还是注意到她的笑了。我也看看她的餐盘，原来，我们拿了一模一样的食物，一片黑面包，几片肉，一小根烤肠，一个鸡蛋，一盘水果，水果上是草莓酱和奶油，也是一杯咖啡。我也禁不住偷笑一下。那么，我不禁猜测起来，她是谁？来自哪个国家？日本人？韩国人？大陆人？台湾人？在多次不经意的一瞥中，我都会冒出对方是哪里人的猜想。但由于她不说话，也没有同伴来，我只能一直处在猜测中。在我多次瞥她的过程中，我感觉到她也注意到我的目光了，不过她没有一次和我对视。就这样，我们默默地在相距一米多远的距离内，几乎一起吃完了早餐。

她是先离开的。

在她站起来的时候，她看了我一眼。这一眼，被我逮到了……她的目光很淡漠，表情也平静。可能，她也在猜测我吧？

并没有以为我们还会见面。但是第二天一早，在我照例六点钟下楼准备散步的时候，突然间看到楼底不大的前厅里，紧挨着站满了人，一色的矮个子，以老年人居多，人人都带着一个或多个旅行箱包。从他们的口音和行李中，我立即就判断出，这是一支来自日本的旅行团。我从他们中间穿过，向门口艰难地移动时，在高大的玻璃门边，蓦然地，我发现了她，昨天早上隔着桌子一起就餐的女人。她穿一件浅蓝色短风衣，牛仔裤，白色旅游鞋，拉一只红色旅行箱，身上背着一只包，昨天还是随意披散的长发，现在也简单地扎成了马尾巴。她为了躲避拥挤，身体有些扭曲。她也看到了我。或许因为所处的特殊环境，我们的表情都很木然。

走在柏林的街灯下，脚下绊着霜露淋湿的树叶。我稍稍有些后悔，觉得应该跟她打个招呼，哪怕笑一下，点个头。也不期望对方回应，只表达一个中国人对日本人的友善。但是，由于当时是突然邂逅，一时反应迟缓，错过了。

也许这次错过，这一生就错过了。

这个早晨的散步中，就多了一份心思。

说来真是有奇缘。毫无预兆地，三天后，我们在马哥的堡游玩，晚上入住NH宾馆时，我从大门进去，感觉前边有人出来，便让一下。抬眼的刹那，发现对方竟是她，那个日本旅行团里的女人。她肩挎一只很时尚的白包，正要出门——是一个人出门的。这次又错过点头示意或打招呼的机会了，因为擦肩而过不过一两秒，她的目光从我的脸上划过的瞬间，还来不及看她的眼神的变化。

已经过了晚餐时间，而我们在外边的中餐馆吃过了。我估计，那个女人也是吃完饭后，出去购物或散步的。

安顿好后，我独自一人来到楼下的咖啡店，期待能有再次的巧遇。我要了一瓶德国黑啤，慢慢地喝着。咖啡店里人不多，偶尔三五个人，都是单独喝着咖啡或啤酒，没有人与人之间的交流，大家的脸上没有表情，甚至有些冷漠。可惜，我没有等来那个日本女人，甚至没有一个日本人来咖啡店。我又怀疑了，是不是那个日本旅行团没有住在NH宾馆？因为刚才和那个女人巧遇时，只看到她一个人。进一步的猜测，那个女人也许并不是日本女人，只不过那天她也正巧要出门赶飞机，就混在了日本的旅行团中了。但，不管怎么说，这个女人今晚就住在NH宾馆，住在NH宾馆的某个房间里，再次见面还是有可能的，比如明天早餐餐厅中。

但是，第二天早餐时，我没有在餐厅见到她。这让我有了一些惆怅和失落。我想像着她的装束，她的容貌，她的姿态。她不顶漂亮，却有一种忧郁的气质，衣着也是大方而得体的旅行装。

NH宾馆在马哥的堡的郊外，四周都是农田，有一块一望无际的小麦田，还有一块菜地，很空旷。早上我们在门口上车，我还悄悄地关注着四周，满心希望能见到那个女人。当然，还是落空了。

有了这一次的巧遇，我们接下来在德累斯顿的旅程，就让我多了一份期盼。说不定，她所跟随的旅行团，和我们走的是是同一条线路，如果真的是这样，那么我们再次见面的机会还是有的。但，我的期盼显然不切实际了，德国这么大，茫茫人海，上哪里能有这么巧遇呢。事实果然如此，以后，无论在德累斯顿，在威玛，在拜罗伊特，在慕尼黑，在新天鹅堡，在斯图加特，在海德堡，在特里尔，在科隆，我都没有再见到她。

十几天以后，在德国的最后一晚，我们在法兰克福准备登机回国的前一天，到离法兰克福八十公里的一个工厂街购物。工厂街有无数家世界著名品牌的服装厂在这里开店。

我们一进入工厂街，就被无数家店铺淹没了。在一家不知是什么品牌的店铺里，我悠闲地闲逛，没有目标，也不准备购物，只是瞎看看，却看到了她——完全是不经意的，完全是偶然的，她在我前边出现了。我的心，突然颤抖了一下，对，是恐慌，是那种界于惊喜和紧张之间的恐慌。但只在片刻之后，就转为了欣喜和激动，真是太神奇了，在马哥的堡蓄意寻找而不遇，又在法兰克福不期相见了，难道是冥冥之中的安排？我看她的背影，看她婀娜的身姿，看她手上拎着的一只乳白色的拎包，不由得感叹命运的无常又有序。那么，这是最后一次机会了，明天一早，我们就乘机回国了。这样想着，我准备赶上她，向她问好，不说我那几句充满家乡方言的英语，只说汉语——如果她是日本人，相信她也会从我的表情中发现我的友善。如果她讲一口汉语，那当然更好。但，正在我准备赶上她时，她一拐，踏上了一架通向二楼的电梯。我愣住了，望着缓缓上升的她，心里的那点美好，那点愿望，随着她的上升而慢慢下沉，下沉……

或许是某种感应吧，在她即将到达二楼时，她侧脸向下望来。

天啊，她看到我了。她的表情明显地发生了变化，眼睛惊诧，嘴唇微张——她是在小小的惊叹吗？但是，行进中的电梯，还是把她带上了二楼，她迅速被身后的人流拥走了。

在法兰克福飞往上海浦东国际机场的飞机上，我还想着电梯里那个回眸的惊异。这是什么样的一次邂逅呢？也许生活中总会有这样那样的奇遇，揪住人们心里那一点点情感的神经，于不经意中，轻轻一抖，让人的心也不免悸动一次。

醉美乡村葡萄酒

德国的小城镇，实在都是一副模样，整洁的街道，两三层古朴或现代的楼房，远处山冈上古老而神秘的城堡，还有藏在茂密树林中尖顶的教堂，这些都是小城镇基本的模式。那天，我们在一家快捷酒店入住后，才是下午四点多钟，离晚饭时间还有两个小时。于是大家便三三两两走出酒店。

小镇的傍晚安静祥和，阳光很透，气候温润，不用几步，就走出了小街，走进了乡村田陌——路边岗岭上是绿茵茵的草地和森林，再远处的山冈上，是大片的葡萄园，随着山冈的走势而逶迤起伏，一直连绵到远处的山脚。我想，这个小镇，一定是盛产葡萄了，也或是葡萄酒的产地也未可知。

通向远方的路上没有人影。我走了约五分钟，才有一辆银灰色的小奔驰从身边悄然驶过，一个拐弯，停住了——原来是停车场。我近前一看，哈，一间乡村酒吧。

酒吧的门面不大，一个门厅进去后，直接就是几排精致的小方桌。桌子上铺着洁白的台布。此时的酒吧里只有三五个人，他们静静地坐着，或品着葡萄酒，或喝着大杯的黑啤。我找一个靠窗的位置坐下。潜意识里，也以为和国内一样，会有服务员拿着酒单过来。但是吧台里那个金发碧眼的先生，并没有过来招呼我，而是麻利地擦拭着盘子里的酒杯。我也不急。时间还早，好好享受一下德国乡村酒吧的安逸和宁静吧。我开始打量酒吧的客人，靠里边的，是一个老者，头发花白，正在读一叠报纸，面前一杯红色葡萄酒。在酒吧中央的位置上，是一个东方面容的女孩，长长的黑发，不经意的裙装。她是侧对着我的，戴一副精巧的无框眼镜，皮肤说不上好，鼻翼两侧有细密的雀斑，一副亲和样子。她面前的桌子上，放着一本杂志，杂志上是一本书和一本精致的笔记本，本子里夹着一枝笔。此时她正在品尝杯中的酒。她一直把杯子端着，看着酒中红色的液体，轻轻抿一口。可能是注意到我在看她吧，转头朝我一笑。她牙齿不好，有些乱，笑得却友善。我也跟她点一下头。她跟我举一下杯子——不是要跟我干杯的意思，应该是让我也来一杯。我想起翻译的话："如果到了德国，至少要品尝二十种葡萄酒，否则，算亏大了。"

我跟吧台的服务生举一下手。

我想要一种当地产的葡萄酒。但是我对德语一窍不通，无法对酒吧服务生表达，只好用汉语说："有当地酿造的葡萄酒吗？"

对方显然没有听懂我的话，便跟我叽哩咕噜一番。

我求援似的望向女孩——如果她能听懂我的汉语，说明她是中国人。果然，女孩替我解围了，她用德语跟对方说了一通。服务生听后，跟我微笑着点头后，回吧台倒了半杯红葡萄酒，跟女孩又说一句。女孩立即跟我翻译："这是他们最好的葡萄酒，原料就采自当地的葡萄园。"

我跟服务生点头致谢。

女孩汉语很好，普通话比我标准多了。她是哪里人呢？从她的口音中，我真没有分辨出来。好在，我的酒来了。但是我的葡萄酒知识和品尝葡萄酒的知识，和我的德语一样，一片空白。我只会小口地饮着，让酒在口里多停一会儿。我注意到，隔着我三四张桌的女孩，又看书了。那杯酒在她胳膊边上，色泽非常的美。我想起凄艳这个词。我知道这个词不准确。但是，杯中的红酒，是那样的红和透，有种明亮的樱桃色，搭配她周围的氛围，真的找不到一个合适的

乡村葡萄园

品酒的游客

大片的葡萄园

汉语单词了。

大约半个小时吧，我把剩下的酒一饮而尽，跟服务生结账。

便宜，只要 3.5 欧元。

我故意绕两步，到女孩的桌边，跟她打招呼告别。我轻声说："你再坐一会儿，我得回去了。"

"这么急啊？"她说，"可以坐很久的。"

我听懂她话外的意思——她有跟我继续交流的欲望。

由于思想上没有准备，我嗫嚅一会儿，才说："……酒不贵。"

"是他们自酿的葡萄酒。"她看一眼对面的凳子，说，"我再请你喝一杯。这儿的白葡萄酒也不错，应该品尝一下。"

这正是我求之不得的，本来对她的身份我就充满好奇，再加上也想了解葡萄酒的相关知识——我看到她那本杂志的封面上，是一幅葡萄园的彩色照片，猜想，可能是一本关于葡萄或葡萄酒的专业杂志。

我坐下后，保持着和善的笑容，看着她为我叫来的一杯白葡萄酒。浅稻草黄的酒色很明丽，隐约地，飘起一种清冽而醇厚的芳香，萦绕在我周围。我不知道这芳香是来自面前的白葡萄酒，还是来自于她。总之，这种特殊的芳香让人心醉。

我们开始小声聊天。基本上都是她在讲。我偶尔也会问。比如她姓名，比如这酒吧的名称。她都毫无保留地告诉我。这样，我知道她在柏林的一所大学读博。她还告诉我这间酒吧的名字，很别致，叫"灌木丛"。她更多的是跟我讲葡萄酒的有关知识——德国的葡萄酒文化很浓烈，不亚于那些热热闹闹的啤酒节。有不少地方，还开发葡萄园旅游区，世界各地的游客都会来品尝葡萄酒。但是中国游客一般不来，他们喜欢去大城市，喜欢购物，喜欢拍照。你是我在这里见到的第一个中国游客。她说你来这里就对了，会真正体验到当地人的生活，也能感受到葡萄酒文化对他们的浸染。他们的日常生活，和葡萄、葡萄酒紧密相连，已经是日常生活的一部分了。这间酒吧里的酒，大都是他们自己酿造的，品种多达五六十个。其实品尝葡萄酒也不难，多喝点就差不多了，无非是四种感觉，一是在舌尖上的感觉；二是在舌头上大面积的感觉；三是喝到嗓子里的感觉；四是再往下走的感觉。慢慢体味，你会觉得很奇妙。

在她讲话的时候，我注意到，她乍一看是普通的女孩，再一看，会发现她独特的美丽来，就连鼻翼两侧的雀斑，也很恰如其分。我端起杯，照她的话品尝一口。真是奇妙得很，我居然品尝到她说的那种"感觉"了。

她看着我品酒的神情，说："怎么样？再来一杯？"

还没等我回答，她冲吧台又为我叫一杯。还和服务员交流了几句。

待酒上来时，她说："这是一种叫白皮诺的葡萄酿造的酒，出自小镇最好的酿酒师，口味醇正，你品品看，有一种香草和矿物质的风味。"说罢，眼睛定定地看着我，又一笑，说，"我喜欢这款。"

她的话听起来很舒服，有一种把我当成知己的感觉。我喝一口。老实说，我在品酒"速成班"还没有毕业，没有品出这款酒的独特之处。

可能时间还早吧，她问我去没去这里的葡萄园。我告诉她我一个小时前才住下来，明天一早就要赶往黑城门。她说这里的葡萄园实在值得一看，在葡萄园里可以任意放松，可以找到回归自然的感觉，可以身临其境地采摘葡萄。她的话当然很有诱惑。我当然很想和她在这异国的黄昏时分，一起去山上的葡萄园，一起采摘葡萄，一起看美丽的落日霞光。但是她没有这个意思，我也不能提出来——何况我们是一支二十多人的大部队呢。

"你在这里要呆很久吗？"我问。

"还有一个星期。"她说，"我在写一本书，一本关于葡萄酒的书。或者，关于美酒人生的书。"

"这是你专业吗？"

"不是。"她灿烂一笑，脸红了，细密的雀斑更为明显，却是有种特别的性感，就像杯中的葡萄酒，"我也想学这个专业，可惜不是，呵呵，但是葡萄酒是我最大的爱好。"

她的话让我有些惊异和感动。一个女博士，把葡萄酒当成最大的爱好，可见她是一个多么热爱生活、享受生活的女孩。

晚饭时间到了。我跟她告辞。

"出门向右拐，一条小路通往山上，十几分钟的路吧，有一小块葡萄园，你可以去看看。"她微笑着说。

我看到，她坐着的椅子转动了方向——原来她坐在轮椅上——我愕然了，心，怦然跳动起来，激越而感动。我注视一眼她的长裙，长裙下的假肢。

我惊异的神色没有逃脱她的眼睛，她一笑，说，没事，我送送你。

我没有让她送我。我告诉她，我一定去看看她说的那块乡村葡萄园。

第二天，我们乘着大巴，继续沿着莱茵河谷地，向北驶去。

从车窗望出去，在莱茵河两岸的崇山峻岭上，有难以计数的葡萄园。一架架排列整齐的葡萄架，连绵逶迤，十分壮观。在我的建议下，翻译第一次给我们讲解关于葡萄园和葡萄酒的相关知识，她说，在德国，乃至整个欧洲，葡萄园分类很细，有法定产区（DOC级），还有保护法定产区（DOCG级）。葡萄的品种更是繁多，什么品种的葡萄，酿造什么品质的酒，都是有来头和讲究的……

我思想渐渐开起了小差，我想起灌木丛酒吧里那个年轻而残疾的女博士，想起她关于葡萄和美酒的谈话，想起她对生活的热爱和对美酒的迷恋，我心里不由升起感动之情。窗外的美景如诗如画，交替变幻，一张美丽女孩的面孔映现出来，和山峦绿树重叠，模糊又清晰……

不知为什么，我眼圈有些湿润。

从那之后，一直到现在——也许将来也是，饮用葡萄酒，成为我的一大爱好，也成为我思想和情感的寄托。

诗人彤雅立

彤雅立是来自台湾的留学生，博士在读，专业不是德国文学或西方文学一类的，仿佛是和美学有关。她和我们的翻译陈女士是好友，听说有我们这个来自大陆的艺术家代表团，主动过来帮忙，给我们当翻译。

彤雅立第一次出现在我们队伍里，是在柏林自由大学的一间小教室，她留一头典型的中国式齐肩短发，穿着黑呢上衣，长裙，不施粉黛，挺朴素的样子，如果走在上海的街头，就是一个地道的中国南方女孩。她爱笑，开口的前奏就是笑，接着才把老师的话翻译给我们。也许过于追求准确和完美了吧，对于德国老师的话，她都是一句不落地翻，我们作为听众，能感觉她吃力的样子，选词造句都有所讲究。在她之前，给我们翻译的陈女士和刘先生，都是把大概意思说一说。因为我们听出来，老师们说上半天，陈女士和老刘几句就打发了我们。而彤雅立不是这样的，基本上老师的德语讲多久，她汉语就讲多久，尽量把原意翻出来。我们都觉得她是个好翻译，至少在我来看，她这样做，不仅是对我们负责任，对她自己也是一种锻炼学习的极佳机会。因为搞翻译的人都知道，现场直译并不容易，没有相当的造诣很难做到。也许是彤雅立难得遇到这样的好机会吧，她硬是把两个小时的课顶下来了。我看到她额头沁出的细密的汗珠。

散学归来的路上,左前为彤雅立。

彤雅立在翻译

课后，我们散学走在去餐厅的路上，她拿着花名册走到我跟前，指着一个名字说，请问，哪位是朱文颖和陈武。我说，前面那位穿黑大衣围红围巾的就是朱文颖，著名女作家。她兴奋地啊一声，又说，陈武呢？她这么一问，我有些得意又有些不好意思，能在异国他乡被人打听，心里有一丝小小的虚荣。我谨慎地说，不好意思，我就是。她笑了，脸也红了，立即说对不起啊陈老师……真巧，我也喜欢写作，有本诗集，马要上在台湾那边出版了。我这才知道她为什么打听朱文颖和我了，原来也是一个写作者，一种亲近感油然而生。我说，我年轻时也写过诗的。她更开心了，就诗的话题，又说几句。但散学路上的时间毕竟很短，我们互留了联系方式后，她跑去找朱文颖了。我看到他们交流的更是投机而欢快，我即时给他们抓拍了几张照片。饭后，我看她给我的名片，上面有一行字：走，过去就是边境了。这是一行诗，虽然短短的一句，却透出多重信息和非同一般的意境和情感，怎么去解读都不过分。

在柏林，我们和彤雅立见过几次，她工作起来都是一丝不苟的。有一次，课后提问，在说到"非物质文化遗产"时，她不知道这个专业名词，无法用德文表述。有人懂英语，跟她比划了半天，又拿物质文化遗产故宫作比喻，她才似懂非懂地知道"非物质文化遗产"是什么东西，转译给了德国专家，专家把关于德国人的"非物质文化遗产"的相关信息给我们做了介绍。

工作之余，彤雅立也和我们说说笑笑，我们会问她一些德国的事，她都能给我们比较满意的回答。她来柏林两三年了，和大陆留学生一样，也兼职打工，她这次给我们做翻译，也是有偿的。有一次吃晚饭，喝了些酒，大家说说笑笑高声喧哗，彤雅立也很开心，她说好久没有感受这样的氛围了，这么多中国人，这样的聚餐，这样的喝酒方式，只有在台湾才能感受得到。那天她喝了点酒，脸红红的，在别人唱歌的时候，她也跟着哼唱。

这期间，我去一家以现代艺术品为特色的博物馆参观，在大厅的咖啡屋里，见到服务员是一个东方面孔的女孩,而且只有她一个人,又服务又收银,手脚麻利,态度和蔼。由于柏林也有许多韩国和日本的留学生,我不能确定她是不是中国人。但要知道她是哪里人很容易,因为我除了汉语,什么语都不懂,便用汉语跟她要一杯咖啡。她操着一口标准的普通话和我对答,而且明显比刚才更亲切了。由于她很忙,不便多聊,只问她认识彤雅立吗?来自中国台湾的诗人。她摇摇头。彤雅立应该是个德国华人界的名人了。我有这样的想法并非可笑,她的诗人气质,她所学的专业,会在柏林华人艺术界有口碑的。

在我们结束德国之行不久,我邮箱里收到了彤雅立的信,信是写给我和朱文颖两人的,全文如下:

陳武、文穎,你們好:

記得我嗎?我是在柏林幫你們翻譯的彤雅立。我的詩集即將出版了,最近一直在忙校對的事情,因此遲遲沒有將選詩給你們。

如今已經完成三校,一週後就要進印刷廠了。

我選了十六首詩如附,先給你們讀。

不知道是哪份文學刊物有可能刊登?

若有確定,關於詩作刊登事宜,我應該得先向臺灣的出版社知會一聲。

另外,上回有一位在江蘇從事古籍印刷的先生,我一時找不到他的名片,不知道你們有他的聯絡方式嗎?我有事情想請教他

柏林好冷,明天據說零下十度,幸好我就要回臺灣了。

祝你們一切好

彤雅立

邊地微光

在落款的下边,即信的最后一行,有"邊地微光"四字,那就是她的诗集

名。在柏林时听她说过，对这书名也有过精当的解说，大致是，每个人，无论他身处何方，身居何职，心灵、心理和情感都处在一个边境上，或者有"身处边境"之感。这和钱钟书所说的"人生边上"有异曲同工之妙。联想到她印在名片上的那行诗，"走，过去就是边境了"，有着互为补充或互为延伸的效力。其实，过去就是边境了，边境之外还是边境，人生永远都有"边境"感，这或许就是诗人要表达或宣扬的立场吧。

不久前，我读到北大教授、著名诗人臧棣的一条微博，他说："很不幸，当代诗最大的主题依然是边界。各种各样的边界。有时，我不免会想，在我们的时代，与其说诗是一种边界，莫若说，诗人更像是一种边界现象。或者，在某种意义上，也可以反过来理解，作为当代诗人，我们的机遇就在于我们是否还有能力拓展边界——汉语的边界，生命的边界。"

散学后的交流

我不知道臧棣的"边界"论和彤雅立有多少切合之处，至少，在诗人的"边境"上，他们有着某些共通的元素。

两个月以后，我收到她寄自厦门的诗集。这本台湾版的诗集，印装极其简洁、典雅，封面是青绿色的，除了书名、作者名和出版社名，没有任何别的图案。因为以前读过她的十几首诗，也算不陌生了，所以对她的诗集充满期待，随便翻几首来读，都有浓郁的诗味。诗是短诗，长的二三十行，短的两三行。其中有一首作于2007年的《水与陆之间》，只有一行："在海水与陆地之间，她是穿越"。和"边地微光"是不是能切合呢？一个"穿越"，说明一切了，某些只能意会却难言传的韵味，就萦绕在这两字之间，传达的情感感同身受挥之不去。在《这么远我们回不去》里，诗人说："我们踩在沙滩上 \ 被浪花冲得离地面遥远 \ 我们看见有阳光 \ 就在头顶不远处 \ 彼方有人在招手 \ 那是岸上，在岸上……"这同样是在海水和陆地之间的穿越。诗，最能传递个人的情感，或体验生活的真实影象。彤雅立在诗中以多重视角来表达人生的不确定感，"边境"、"穿越"，就是"不确定感"的另一种解读。最后，我们来欣赏她的另一首《休眠》：

大雾纷飞
来不及退潮的
高水位

昨天她病了
火山之巅
铭记着
确有的那么一场
间隙性休眠

"博士"恰巴

恰巴是我们的大巴司机。说他是博士，因为他除了为我们开车，还爱好读书。在陪伴我们的二十多天里，他一有空就手不释卷，伏在方向盘上，旁若无人地读书。我和他也有几次交流，甚至还互相开过玩笑，留下很好的印象。

还是在到德国的第一天，我就对恰巴刮目相看了，原因是，我们在柏林机场外乘大巴的时候，恰巴认真地给我们装行李。二十多个人几十件旅行箱，恰巴弯腰屈膝，一件一件地摆放。我在国内跟过不少旅行团出行，无论是导游，还是司机，没有人为旅客装行李的，他们最多站在旁边，不耐烦地指手画脚，安排你这样摆，那样放，稍不如他的意，还奚落你没出过门。而我们的恰巴，可不是这等模样，他干活有干活的样子，戴着手套，手脚利索，认真而严谨，就像干自家的活，提、拉、拖、放，很让你放心。

读书的恰巴就更是投入了，让你觉得他正是在修学分的在校大学生。而事实上，恰巴已经是三个孩子的父亲了，他把其中两个孩子的照片，挂在挡风玻璃上，一男一女两个小家伙就天天笑吟吟地看着他们的老爸了，仿佛在督促老爸的看书学习。恰巴读书也真够痴迷的，在坡茨坦游玩的那天，我因为回来过早，一个人走近大巴时，跟正在看书的恰巴摆了几下手，他才发现我，立即从书里抬起头来，为我开门。上车后我略有歉疚，觉得不该打扰他的阅读。他反而因没有及时发现我而对我友好地一笑，然后又埋下了头。恰巴是个大块头，就算在西方，也够分量。而他一直曲卧在驾驶座上，书也摊在方向盘上，姿势似乎有些委屈。我拿出相机，把他读书的姿态拍了下来。他发现我在为他拍照，善意地把书面展示给我看，还跟我叽哩哇啦说了几句。顺便说一下，恰巴虽然身材高大，嗓门却很小，似乎和他的块头不相匹配。如果只听他的声音，我能一个背摔，弄他几个狗吃屎。但我知道我搞不过他。我这点自知之明还是有的。可他展示书面给我看，我就真的想摔他了，因为我不认识那几个单词，也不知道是德文还是匈牙利文（恰巴是匈牙利人）。我装模作样地把他的书拿过来看看，看过封面，封底，书脊，又翻翻内页，密密麻麻厚厚一大本，估计是文学书籍。书的成色有六七成新吧，应该是恰巴的自家藏书。我没说什么，真诚地跟他竖竖大拇指。他却谦逊地摇摇头。

这时候，蔡教授也提前回来了。

恰巴合起书，下车活动活动。我和蔡教授便和他聊天。我不知道蔡教授懂几国语言，反正他就恰巴看的书交流了好几句，好像还"相聊甚欢"。我没办法，只能和他比比身高，

恰巴和他的书

然后又拦腰抱起他，试了一下他的体重。有蔡教授做翻译，我知道恰巴身高1米96，体重130公斤，没什么爱好，就喜欢读书。

恰巴平时不太说笑，就是和我们的导游、翻译，也显得"生份"。但自从在坡茨坦和我有了交流，我们俩却格外友好起来，上车下车，入住宾馆，早餐晚餐，只要碰上，总是要相互招呼一下。我会用刚学的德语向他问好。他有时候会在我肩上捣一拳。而他阅读的身影，除了开车，随时都可以看到。他的书也经常更换，不是那些流行杂志，也不是通俗小说。这我能看出来。

有一次，是在柏林，我们集体参观某文化机构，我和苏州作家朱文颖回来较早，看到恰巴在读一本旧书，我们自然和他"交流"了起来。毫无疑问，恰巴的书是一本厚厚的文学书籍，封面上是一幅油画风景，书里面有十多页彩色油画插图。我也算个藏书爱好者，对图书史稍有了解，逮眼一看，就知道这是一本出版于70年代的书，线勒，平装，彩封和插页都不是电子分色，和如今通行的胶装豪华本大相径庭，总体走的是朴素、淡雅、亲和的路子，十多幅插页也是取自书中的精彩段落，每一幅仿佛都在讲述一个故事，和书的内容起到互动作用。这种书类似于我们国家80年代初的印制习惯，是让读者阅读的书。恰巴看我们对他的书感兴趣，便和我们说话，从他的动作和比划的手势中，我能感觉他是在介绍这本书，并且，应该是他们国家的名著。

"博士"恰巴热爱阅读，沉浸在自己的书香世界和文学梦想中，让我们感触很多。朱文颖说了不少话，大致都是感叹我们时下的阅读风气和书香环境，直至整个的社会文明。在写作这篇短文的时候，恰巧看到11月16日《人民日报》上的一篇文章，透露中国人的读书现状，中国成年人一年平均读书不到两本（我觉得不到两本也是夸张，严格一点地说，不到一本还让人可信），和发达国家在10本以上（以色列达64本）相比，差距很大。而我们的"不到两本"，还包括许多娱乐、功利书籍，比如最受欢迎的玄幻小说、职场功率、青春文学等等流行书。这种阅读的低幼化，或浅阅读，大都集中在青少年身上，一旦他们走出青春阅读的气场，面对生存的压力，这种消费化阅读就会消失，随之也就告别了阅读。这篇文章还排出了前十位的中国作家富豪，没有一个是严肃文学的作家。这种阅读现状、写作现状和出版现状，真的让人十分担忧啊。从大巴司机恰巴身上，看出了我们的差距，同时也看到了欧洲文化和人文素养不是一朝一夕建立起来的。恰巴阅读的认真和工作的敬业，触动了我，同时对我也是一个启发。

说到恰巴的敬业，也有一笔需要补上。每次停车、开车时，恰巴都要拿出一个夹子，认真地在表格里记台账，从出发的时间，停车的时间，停了多长时间，在哪里停车，都记得一清二楚。我曾经看过他的台账，每天都是一笔一画，没有涂改，怕是也没有落下什么吧。

在和恰巴接触的短短二十多天里，他给大家留下了好印象，在机场临别时，许多人都去和他握手、拥抱。

与垃圾有关

有一件事情，可以说明问题，在德国各个城市间奔波的三个星期里，没有擦皮鞋——不是自己懒惰，而是确实不脏。10月15日，还是在法兰克福的时候，一下飞机，就感觉到空气异常的清澈、透明，待转机到柏林后，晚上出来散步，人行道上全是落叶，绊在脚下，老觉得皮鞋会脏，回房间一看，居然一尘不染。原来，落叶上并无灰尘。由此，我开始关注德国的垃圾处理系统。由于垃圾处理不是我们考察的项目，有关部门也没有专门安排，我的所谓的考察，也只是走马观花式的——主要是观察街头的垃圾箱和垃圾的运送处理。垃圾箱可以说是反映垃圾处理的一个重要方面，收集的源头即从此开始。

德国街头的垃圾箱也是五花八门，什么造型的都有。住宅区附近的垃圾箱，常见的也是桶式为多，绿色，底部带小轮子。也有大家伙，四方形的，上部收口，口很小，直径也就十五厘米左右吧。路边的垃圾箱还有一种圆桶型的，顶部戴一个蘑菇型的帽子。在威玛文化局门口，还看到一个黑色、长立方形的垃圾箱上，上着一把锁。垃圾箱上锁，我可是头一回见到。在一些超市的门口，我还看到过袖珍垃圾箱，用来专放旧电池。11月3日上午，我和广陵书社副主编曾学文、南师大教授察道通两位先生逛街，在一家不大的超市里，看到一年轻女人在卖"垃圾"，她从袋子里一只一只地拿出大小不一的塑料瓶子，送到一

小鸟和垃圾桶

环卫工人在清扫落叶

个回收机里，回收机识别的，就吞进去了，不识别的，就吐出来。有一次在柏林，是凌晨了，和察先生散步，看到一个较大的垃圾回收点，一排好几个大铁柜，周围地上和街道一样干净、清爽，没有纸屑飞扬，更没有乱倒乱扔的现象。德国人在垃圾倒送时，自觉性很高，很有分类意识，在威玛，我和察教授寻找歌德故居时，看到一个高大的中年女人在小区里倒垃圾，她拎挺大的一个塑料袋，接连打开三只垃圾箱的盖子，把塑料袋里的垃圾分门别类地存放，再盖上盖子。在汉堡港口附近的高架桥旁边，有一溜四个垃圾箱，个头也不小，入口却只比拳头大一点。导游王超看我对这四个大家伙有兴趣，对我说，这是垃圾箱，看到入口处的字了吗？是用来存放不同垃圾的，有专放塑料类的，有纸质类的，有不可回收类的。他还讲一个段子，说他带过的一个我国某考察团，考察德国的垃圾回收及处理，我方先介绍垃圾处理办法，主要是焚烧和深埋。德国人介绍说，他们是这样处理的，垃圾回收以后，进行细化分类，把能利用的，都挑出来，不能利用的，一律拿去做沼气发电的原料。

在柏林的一家中文报纸上，有一篇报道，题目叫《食品垃圾回收，剩菜剩饭变黄金》，报道说，近年来，生物发电，在德国再生能源发电市场的份额逐步增长。德国联邦食品回收协会有八十多家专门回收食品垃圾的中型公司，加上地区性的垃圾处理公司，他们上门回收过期食品、收割中被筛选出的蔬菜、餐饮业的泔水等，然后用于发电。比如一家叫 REFOOD 的公司，去年处理了 25 万吨食品垃圾，发电 5400 万度（千瓦时），可以供应 25000 个家庭。发电的剩余物，又当作肥料卖掉，此外还有价值可观的生物燃油。

对于落叶和花园的垃圾处理，德国人也有自己的一套方式。在一个加油站里，我看到三个男人正在给开满玫瑰花的花园除草，他们把铲除后的杂草捡在随身的小筐里，倒在一辆绿色的小卡车上。小卡车也是专门用来处理这类垃圾的，从车上的卡通图案上就可看出来。在德累斯顿的夏宫附近，有三个女人正在把路上成堆的树叶装上卡车。另一边，也有几个男女在打扫树叶，他们手里使用的工具，是一个耙子，类似于我国农村的一种家农具，他们把厚厚的落叶搂成堆，然后装车运到垃圾处理厂去。这些垃圾经过发酵后，可以用于沼气发电，变废为宝。

但是，也有一些不和谐因素，比如香烟屁股，在德国许多城市的广场上，香烟头几乎随处可见。

旧书摊上忙淘书

那天，柏林的早晨格外清凉，凉得清冽而干净。天空透彻，高远，没有一点杂质，明镜一般，似乎要配合这样的清凉，似乎只有这样的清凉，才配得上这样湛蓝的天空。远处楼房后边有成片的林子，望不到边，像风景画的一角。能看出树叶是五彩的，红的黄的绿的紫的都在树上坚守着，像春花一样争艳，一点也没有深秋的感觉。但是，秋味还是渐浓了，仔细地看，街边高大的树木上，有落叶不时飘下。

在去汉堡之前，领队问我们还有什么要求，因为在柏林的参观、学习、听讲座这些带有公务性质的活动已经告一段落，接下来的十几天，就是到处玩玩了。也就是说，在我们离开柏林前，仅有一天的自由时间了。恰巧今天是周末，有人提议去跳蚤市场，居然赢得大家的一致赞成。

柏林的跳蚤市场有多家。我们去的这家规模比较大，位于前东德地区，在宽阔的马路一侧的辅路上，四五排摊位，绵延好几百米长，卖什么的都有，你能想起来的任何物品，都有长长短短的旧货摊点，你想不起来的，也会让你惊奇万分，有一个摊位，卖各个时代的钟表，出售的钟表虽是旧货，看起来都很考究。还有一个卖二战时期的各国军服的摊子，更是别具一格，仅一个国家一个兵种的夏季常服，就有几十种，真是蔚为大观，同时，也能让你不觉想起不

柏林街头的旧书摊

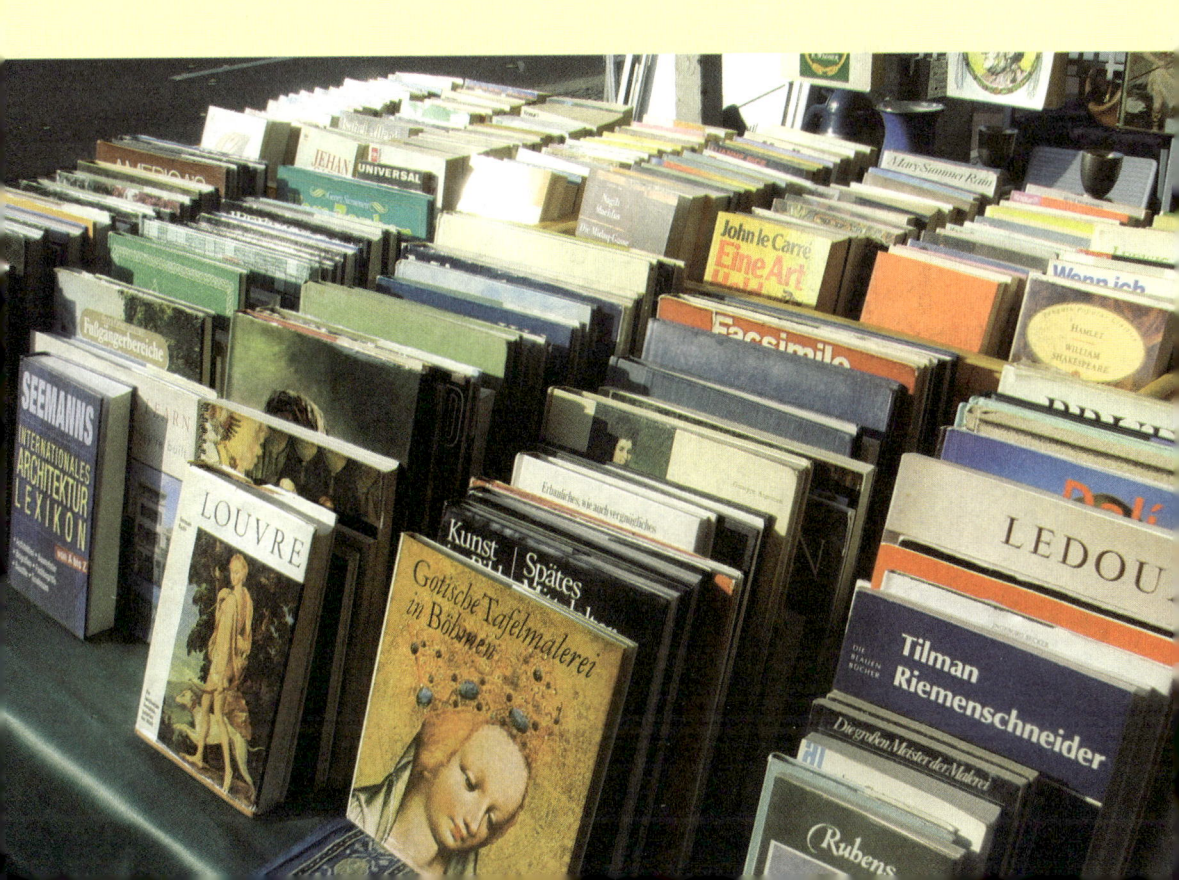

柏林街头的旧货市场

久之前的战争。还有卖音乐器材的、体育器材的、旧餐具的、首饰盒的，真可用琳琅满目来形容。

但这些都不能吸引我，我躲着人流，一路快走，寻找卖旧书的摊位。

好在并不难，在中间一段，旧书摊非常集中，是否是管理方有意安排也未可知。摊位都不大，书却不少，摆放也较为整齐，有的摆在案几上，有的摆在各种小车上，但大都摆在地上。书的品相不错，较少有老旧书，粗略一看，都是近年出版的原版德文书为多，宗教类画册和各博物馆馆藏介绍尤为普遍。有点像我们国家大多数旧书摊，都是以书法、美术类为主打。我挨个摊位看过去，寻找能让我眼睛一亮的书。虽然我不懂德文，不懂德国版权制度，凭直觉，好书还是能够看出来的。在一个年轻人的旧书摊上，我看到一批五六十年代出版的德文书，其中有两本砖头样厚的植物学辞典，大本，硬壳，线装，印制特别精美，每页上都有多幅逼真的线描图画，中间还夹有许多页彩插，每本多达一千多页。从这些图所展示的各种树木、花卉、草藻等植物上看，这是一本能派上用场的工具书。此时我正在写一本关于野菜方面的小品集，如果我能看懂德文，了解生长于异国的植物的基本常识，对我的写作会有大帮助。但即便看不懂，如果价格适中的话，我也可以买下来，看看图画也是享受。我想一想，心理价位是每本十欧元，两本二十欧，最多不能超过三十欧，超出这个数目，我就不买了。我拿起两本，用表情问年轻的德国小伙子。小伙子早已做好了准备，他用手中的签字笔，在一个小本上写了"80"。80欧元，远远超出了我的承受能力。我知道德国也可以讨价还价的，便在他的本子上写上"30"。他接过本子，微笑着摇头，轻声用英语说，NO。他样子挺礼貌的，甚至有些羞涩，似乎对不起我。我想一想，八十欧也不贵。但综合考虑，还是放下了，心中真的不舍。和他对面摊的，是一个挺和善的胖女人，她看我转过身来，向我微笑，点头，示意我随意看。我大致看一眼，她的书都是新书，还全是清一色的各博物馆简介类精装画册，有许多本封面画，都是柏林博物馆岛上的馆藏品，仅装帧有埃及女王头像的就有好几本。我笑笑，从她的摊位走过。

有一辆小小的三轮车，车上摆放的一些旧物，东西不多，不像是有规模的贩卖，倒像真的是家藏旧物，比如有一张陈旧的人物摄影，装在老式木框里，照片上的年轻人面相英俊，衣着整洁，正冷峻地望着远方。我想这也许是摊主的先辈吧。还有几本颜色发黄的旧书和一本硬面抄，封面上都有墨水笔的签字，不知书的主人是否是照片上的青年。我是先看到物品才看到摆摊的老人的。他不像前两位那么和善，目光也不愿和我对视，静静地、近乎冷漠地坐在那里，似乎摆摊只是他的一种姿势或态度，买卖是次要的。也许他知道我这样面孔的人只是来捡漏的，对他这样的书房物品并无兴致。总之，他的无视让我无法在他摊位前多作停留。

还是有一个旧书摊对上了我的胃口。摊主是一个胖老太——年龄也并不太大，六十来岁的样子，皮肤好，头发灰白，很有气质。她的书摊能够吸引我，一是规模大，身后立起一个简易书架，前面的案几足有两米见方；二是书杂，品种多，垒垒叠叠很喜人，一些她认为是重点的书都立起来，或露出目录，或露出彩插，或露出签名，总之是要把这本书的卖点展示出来；三是每一本书上都有铅笔标上的价格，这个最好，让顾客在挑书时，就能知道书的价位，不至于犯嘀咕上当受骗。我在挑书时，她正在吃早点，和中国老太太差不多，一边喝着不锈钢杯子里的饮品，一边照应着摊点。我在她的书摊上挑挑拣拣，小心不把书弄乱，开始想找一本汉语版的，没有，连日韩版的书都没有发现。那些原版德文书精装、简装都有，标价大都在四五欧元，很少有超过十欧元的。这类书也不是我的重点。后来，我的注意力还是集中在那些画册上了。她书摊上的画册品种不少，各种开本都有，印制都很精美，内容约略可分三大类，一类是宗教方面的，最多，选自远古、中古和近代的教堂壁画、雕塑，色彩艳丽，人物线条柔和；第二类是各大博物馆的馆藏精品；第三类是德国或欧洲著名画家的专集。摊主看我对画册感兴趣，也忙着为我推荐。她拿着几本小开本的，

作者在这家旧书摊购了一本书

真诚地笑着，跟我说话，也不管我听懂听不懂，只是一味地说，声音低低的，女人味十足，始终伴着笑。我也微笑着。也不管她听懂听不懂，对她的书摊大大赞赏一番，连书的低廉的价格都在我的赞美之内，甚至柏林清澈透明的空气和整个跳蚤市场，我也不吝赞美之词。她和我一样，也静静地听。这样的交流，并不在乎每一句都能听懂，从对方的表情上、语感上、音节上，都能感受到大致的意思。我们的语言交流，虽然是鸡同鸭讲，但相聊甚欢的气氛还是感染了几个当地人，他们从我们身边经过时，对我们的交流都报以友好的微笑。最后，在摊主的推荐下，我花五欧元，买一本二十四开正方形画册，是中世纪宗教壁画，印装都很精美。我请摊主在我的书上签了名，还拍了她签名时的照片。

终于还是淘了一本，心里暗喜，明知不是什么名贵好书，也不是什么稀有版本，终究在我的藏书家族中，有了一本外文书，有一本书商签名本，也算是对藏书的一种丰富吧。

往回走时，看到苏州作家朱文颖，她和翻译在一起，正和一个高大的外国老头交流。老人满面红光，用汉语说"上海""北京""广州""长城""故宫"，说完就哈哈大笑。他看我手里拿一本旧书，伸手要过去看看。他翻几页，又秀了句汉语："很好！"然后，跟我呱呱叽叽说了一通。翻译告诉我，说我这本书不错，是宗教画册。

朱文颖也淘了两本书，一本六十四开的小书，挺旧了，品相却很好。她开心得意地告诉我，那个老头说了，她这本书是18世纪德国民歌民谣，没有新版了，很珍贵。我开玩笑跟她说，回去可以高价卖给苏州藏书家王稼句了。

我逛过许多旧书市场。早些年南京朝天宫的旧书早市最具特色，在那里淘了不少喜欢的书。在连云港零零落落的旧书市场更是因为淘得久了，认识不少卖旧书的小摊贩，一来二去的，和好几位成了朋友。所以我每到一地，都要去旧书市场转转，一般都不会空手而归。

原以为只有我们的旧书市场品种丰富，没想到德国的旧书市场同样让我惊喜。我这本宗教画册虽然特色不大，朱文颖那本 18 世纪德国歌谣，却让我好生羡慕。

教育和孩子

在德国旅行、采风、听课的几周里，断断续续地，对他们的教育方法和教育体系，约略知道了一些皮毛，从小学，到中学，到大学，听到的，看到的，也算不少，再综合多种渠道得到的信息，算是有个初浅的认识了。

还从出发时说起吧。

10月14日，我们从南京禄口机场登机前，在候机大厅里，看到和我们同乘一班航班的一对德国母女，母亲的年龄我猜不出来——全世界的女人都对自己的年龄"讳莫如深"，而我更是天生的"弱智"，对20岁到35岁之间的女人分不出大小来，但是女儿也就两三岁吧，很德国的一个洋娃娃，此时正在耍赖，抱住妈妈的腿，赖在地上，嚎啕大哭，嘴里还不叠连声地喊着什么，眼泪鼻涕都下来了，小可怜样子真让人心疼。但是妈妈一直不为所动，站立原地，理都不理会小家伙。小家伙哭喊了一会儿，正在音量渐渐减弱时，又来一次新的暴发，哭声更为响亮，嘴里还不停地喊着"妈妈""妈妈"，边喊边用小手指着某一个地方。我向那个方向望去，原来是一个自动售货机，里面存放着各种食品和饮料。我猜想，小家伙肯定提出什么无理的要求，而妈妈不肯妥协，这才造成现在的僵持局面。而妈妈依然昂首目视前方，坚定不移地和小家伙博弈。最后的结果，当然是妈妈"胜利"了。这个场景让我对自己的教育方法进行了反思。如果是我的孩子，最后妥协的可能是我——不是可能，是肯定，不就是一瓶饮料或一袋食品吗，让孩子长时间地伤心、哭泣，我可受不了。但是，我却赞同德国少妇的所作所为，如果这次向孩子妥协了，那么小家伙下次会觉得这种哭、喊、赖的方法很管用，而继续"如法炮制"，进而养成一种不好的行为习惯，给她今后的成长和性格的形成，造成不良的影响，甚至会走在畸形发展的路上。

在德国穿梭的时候，经常看到孩子们在公园或广场上玩耍，他们或玩滑板，或骑山地车，或去博物馆。比如在威玛的歌德公园里，在下午明媚的秋阳下，两三个孩子背着书包，骑着山地车在互相追逐；在科隆大教堂广场上，数十个孩子在玩滑板车或滑轮车，有的还表演高难度动作；在柏林参观博物馆，几乎每个博物馆里都有成群的孩子在老师的带领下参观，歪着小脑袋仔细地听老师讲解。我问翻译，他们怎么不上课呢？翻译告诉我，德国的小学，下午一般不上课。由此他介绍了德国的教育现状，德国的幼儿园是收费的，收费标准和我国差不多，也是因幼儿园的地理位置和师资情况而定。小学基础教育则全部免费，六年毕业后，任课老师会针对每个孩子的性格、特长、学习成绩，进行综合评估，然后由学校推荐这个学生上什么样的中学。中学分三类，大致是这样的，第一类，约有百分之三十的孩子上文理科中学，学制七年，仍以基础学习为主，内容则更为系统，毕业后，学生可根据个人兴趣，申请读适合自己的大学，大学为三至五年，毕业后不发毕业证书，只发学士或硕士学位证书，学生可以在这个学校或别的学校读博。这是属于精英阶层的。第二类是实验中学，学制是六年，也占学生总数的百分之三十左右，毕业后，根据个人兴趣申请读各类应用学院，这类学院不培养博士。其他学生读第三类的基础中学，学制只有三年，相当于我国的初中毕业，毕业后，还要进行时间不等的就业培训，这部分人，构成了德国的蓝领阶层。也就是说，从小学毕业开始，孩子的成绩就决定了他读什么样的中学，什么样的中学决定了什么样的大学，从而决定了他们的一生。也有学生或学生家长对学校推荐的中学提出复议，认为自己的孩子可以上高一层次的中学。学校一般会尊重学生（家长），组织另一套班子，对该学生平时的成绩和学期的综合成绩进行重新评估，认为可以读高一层次的中学，可以去读，但是，如果在一定的实验期内，成绩排在班级倒数的，则要退回到原来的中学。所以，一般学生家长不提出复议，尊重学校（老师）的推荐。

10月18日上午，我们到位于柏林市中心偏北方向的柏林应用科技大学考察，听该校外办主任包歇尔博士介绍学校的基本情况。他说：德国的大学都由州自己管。在柏林大约有二十五所高校，有一半是应用类大学，另一半是传统的大学。每所大学有二至四万左右的学生。柏林应用科技大学有一万左右的学生，共有八个系，工程占29%，柏林的工业占比例相当重，服务性产业不如工业，所工程专业比例也重。20%是建筑业，这个专业20年来发展相当快，因为两德合并后，重建工作很重。15%是生命科学，环保、绿色产品、食品等都属于生命科学。IT专业占24%，11%是媒体专业。学生的学习内容，都是模块化教育。学生取得学士学位后，要用三至四年的时间，硕士要一至两年的时间。德国大学有一套严格的认证体系，是联邦政府认可的，极具权威，它的机构不受任何干扰。这所大学之所以设在这个区，是因为这个区的工业相对发达，学生在校期间就有很好的实践机会。该校也培养了许多在职的工程师。包歇尔博士在介绍学校教师情况时说，学校有300多名教授，在任职的时候，享受国家公务员待遇。学校没有副教授，只有150名助手，他们永远做不了教授，因为我们不培养博士，如果想当教授，只有离开我们学校到别的高校去拼搏。想考取我们学校的教授，必需获得博士学位，还要有五年以上的工厂领导经验或工作业绩，另要发表一定数量的论文，所以做我们学校的教授并不容易。包歇尔教授最后略有得意地说，我们学校新能源专业在全德都很有名气，我是外办主任，和我们合作的学校，全世界都有，中国也是一个重要的合作伙伴，比如北方交大、上海交大、同济大学、浙大、南大、航天航空大学等中国高校，和我

街头玩耍的儿童

在公园里骑车

等待散学

们都有多年的合作。

德国的大学很注重学生学习的实用性，也就是在实践中学习，这一点，我们在柏林自由大学考察时，从校方的介绍中，已经充分感受到了。那天是10月19日上午九时，我们在柏林自由大学媒体文化管理系的接待室里，听系主任波克女士和她的两位助手梅勒先生、欧雅加小姐介绍。波克女士先介绍学校基本情况，她是个身材高大的德国女人，穿一身蓝色套装，面部表情和衣着一样，十分严肃，她说，该校的座右铭（翻译是台湾人，她译成座右铭，我认为应该是校训）是真实、正义与自由，是柏林最大的大学，创建于1948年，受到美国基金会的大量的资金支持，现有31000名学生，所做的研究是柏林最精英的研究之一，每年的预算是2亿9千万欧元。这个系涉及文学、电影、戏剧、文化与管理等八个方面，学生要有非常高的人文与文化素养。在柏林墙倒掉以后，年轻人要寻找一种新的精神追求，新的理想归宿，才创建了这个系。创始人在德国文化圈里有很强的实力，曾在柏林的剧院里做过11年的文化总监，在犹太博物馆做过融资。

欧雅加小姐主要介绍这个系和我国的交流情况。

梅勒先生主要是讲教学、学生学习和观众发展部分。特别是观众发展部分，他讲得极为详细。他首先介绍了"观众发展"，这个概念来自美国，大致就是组织观众，发展观众。他进一步说，文化机构做活动，首先是行销，用卖票和寻求赞助等方式，来扩大发展，提高产品知名度。是英国首先发扬光大了这个概念。五年前，这个词在德国开始广泛应用。政府把钱投入到文化机构，变成了什么？变成了一个个文化产品，然后，再从观众中榨取钱。

梅勒先生说到这里，我们团的一位学者提出疑问，为什么说是榨取。梅勒先生肯定地说，这里的榨取是有前提的，就是你的文化产品真的好，呈现在舞台上的是一个出类拔萃的作品。那么我们的教学就开始想观众的事，怎样巩固老观众，怎样挖掘新的观众群，怎样让观众愿意被"榨取"，心甘情愿被掏钱。

在观众发展上，我们有成功的例子的，比如在慕尼黑艺术博物馆，建设新馆的时候，有20%的经费需要自己筹措，为了筹措到资金，就建立了自己的基金会，邀请社会上的名流加入到这个团队，开始融资，利用融资的机会，开始培养观众群体，等博物馆建成的时候，观众就基本培养成了。

在谈到艺术新产品和观众关系的时候，这位英俊的德国小伙子，保持一种优雅的姿态，侃侃而谈：在保持传统观众群时，如何培养新的观众群，社交是一个重要的平台和手段，比如融资晚宴的现场，这样，产品就要先锋或引导潮流。产品展示在观众面前时，也要有不同的方式和形式，比如每年夏天，在柏林博物馆岛前，都要搞一个"博物馆长夜"，这一夜可以说是柏林人的节日，主办方邀请柏林104家博物馆，通宵向观众开放，有专用巴士在不同的博物馆之间提供服务，这个活动，把平常不去博物馆的人，也吸引了过来，培养了他们对博物馆文化的兴趣。

梅勒先生展示了一张柏林博物馆岛上"长夜"期间的照片，照片上的人群可以用人山人海来形容。

梅勒先生继续介绍说，教学的内容不仅要让学生融入（参与）到这些活动中去，让他们了解机构，营销，创意设计等一系列内容，还要通过艺术活动，知道如何改变公共空间，如何开拓不同艺术领域的市场等等。比如在不莱梅，有一批画家搞了一个"蓝色情绪"的活动，为配合这个活动，他们给城市的雕塑，也穿上蓝色的衣服，这就把不同领域的艺术也拉了进来，在全市营造一种环境。通过这样的教学，通过在观众管理和观众需求的观念下，教育机构已经不是一个传统的教育机构，文化机构也不是一个传统的文化机构。这样的教学方法，就是利用各种渠道，采取各种方法，培养学生的艺术参与、艺术管理和艺术欣赏能力。因为德国有这个文化艺术的基础，仅举博物馆为例，全德有6910家博物馆，每年有1亿1千万人次参观，德国人每年平均参观博物馆达1.36次。

散学路上

玩耍

梅勒先生显然对中国的博物馆现状有所了解。他严肃地说，按照德国的比例，中国应该有十万个以上的博物馆，参观人数应该在 18 亿人次以上。而事实是，中国目前有 3000 家博物馆。无论从博物馆数量、品种和参观人数上，中国还有很大的潜力。

梅勒先生的介绍，把我的思绪从大学教育，又引到博物馆文化上。我们知道，博物馆的功能之一，就是留下历史的记忆，记录人类前进的步伐。但是，我们许多的历史记忆，都在时间的进程中灰飞烟灭了。我的写作，一般不加自己的评论，但这一次似乎有些例外，略略地加入了一些自己的感想。不过我还是尽量地减少这方面的文字，从行文的口气中，让读者自己去感知和评价。对于德国的教育，甚至关于博物馆文化，我虽然只是平面地介绍如上的一点皮毛，其实我的思想一直贯穿其中，相信细心的读者会掂出一点斤两来。

"施大爷"的合唱

中国足球一直在折腾中退步。退步中，有一个人的名字让球迷记忆深刻，他就是中国足球第一个外籍主教练施拉普纳先生。当年这个圆胖脸的德国人，被认为是中国足球的救世主，"施大爷"这个绰号也叫得响亮，叫得亲切。但事实证明，施大爷水土不服，没多久就灰头土脸地告别中国了。

11月21日下午二时许，在柏林某科技园一间敞亮的会议室中，我又意外地见到了"施大爷"。此施大爷绝对不是彼施大爷。此施大爷是以一个合唱指挥家的面目出现的，他只不过外形和那个玩足球的施大爷极其相像而已。甫一照面，我还是想笑，觉得世间的奇事随时都可以遇到，这不，也算是发烧过足球的我，居然在施大爷的家乡和他"巧遇"了。

施大爷，我小声嘀咕一句，算是"熟人"间打个招呼吧。

这个施大爷看来也了解我们国情，知道怎么讨好，开篇就说："我特别喜欢中国菜。我现在的饮食，有50%是由中国菜组成的。"当他们了解到我们一行是来自江苏时，又说："我阅读过关于江苏的资料，知道江苏人均收入最高，是个富裕的地方。"几句话，让我们对他都有了好感。

接下来，施大爷开始给我们授课。他讲的是《欧洲合唱发展史》。施大爷说话的声音非常的轻柔，属于轻声慢语型。他先做自我介绍，说他在剑桥读的书，曾做过合唱团的指挥，最大的梦想就是能指挥《黄河大合唱》。介绍完自己，他又介绍他两个助手，女助手来自美国，男助手来自中国。然后又对我们所在的位置作一番简介，他说我们来到的这个地方，原是德国的老工业基地，老普鲁士时代就以生产火车头出名。现在经过改造，已经没有工业了，只有办公楼可以出租。

短暂的开场白过后，他开始讲课。为了还原当时的感觉，我找到了那天的笔记本，摘抄如下：

> 我听说中国人都喜欢唱。我觉得这是全人类共通的。人们从小就爱唱歌，母亲哄婴儿都是从唱歌开始。妈妈唱歌是以独唱的方式。合唱中有四种音，男高音女高音，男低音女低音（没提男中音和女中音），我觉得，中国话就是音乐。毛泽东的话就是男高音。德语没有那么强的音乐性。我很爱听中国的二胡。我一听到二胡就想哭，很感伤的一种乐器，而且二胡只有两根弦，却能演奏出那么美妙的音乐。人的声音，通过歌声也能像乐器那样表达感情。全世界都知道中国的《茉莉花》（施大爷哼唱《茉莉花》。让他没想到的是，他刚一起调，全场同唱《茉莉花》，那悠扬、美丽、动听的旋律在课堂响起，施大爷也情不自禁地打起了节拍，指挥大家一起唱完一整首《茉莉花》）。太好了，我们应该一起录制一张CD。在古代中国，音乐是否也在宗教和皇宫里使用？欧洲文化的起源是古希腊，古希腊的亚历山大大帝，一直打到印度。由地中海许多小岛组成的希腊，最有名的是诗歌，特别是《荷马史诗》。古希腊的戏院都是建在山上的，观众的座位也是顺着山势建在山坡上，然后从上往下看，最大的好处，就是演员最小声的说话，最后的观众也能听得清楚。当时表演的方式，就是一个人表演，边上有十几个人在合唱，表现他们的情绪、情感和

思想。我们听一个例子（女助手放一段音乐），当时只有单声，没有和声，伴唱的人都会戴着面具，面具上挖出一个嘴巴，这样唱起来也很有震撼力。阿加门和谁谁谁偷情，儿子就把他妈杀了，这就造成了悲剧（助手放音乐），这段音乐就表达了他复杂的情感。古希腊不仅有悲剧，也有爱情和欢乐。希腊人后来被罗马人击败。罗马是当时除了中国外，人口最多的国家。古希腊是民主制度，是没有皇帝的，罗马是有的，在当时，音乐就是用来歌颂皇帝的工具。基督教徒带来了自己的音乐，这个音乐的特点是，只有一个人在唱，叫格里高力音乐，是根据格里高力教皇来定名的，这就是圣女在一起单唱，没有和声。到现在为止，这种音乐都是罗马天主教的音乐，穿红色袍子是当时对罗马帝国的一种模仿。罗马帝国土崩瓦解后，接替罗马帝国统治欧洲的，是费兰肯王国，（现在的法国和德国），卡尔大帝把自己称为罗马大帝。多音演唱就是从费兰肯开始的，就是从今天的巴黎开始的。当时不光有男子的教堂，也有女子的修道院。有一位女主持，也是有名的音乐家，她把女高音引入了修道院合唱。当时的时期，就是中世纪，被宗教统治的世纪（女助理放多声部合唱）。中世纪结束，就是文艺复兴，就是复兴古希腊和古罗马的文化。对音乐，文艺复兴也可以说是个人主义的时期，就是不要被动的接受祖宗留给我们的东西，而要创造自己的声音，不同的声音，而不是所有的人都唱同一种声音。（女助手放《卡龙曲》）这两种声音不是平行的，而是交错的。还有《黄河大合唱》（女助理放《黄河大合唱》片断，我们都跟着唱起来，施大爷投入地打着节拍）。文艺复兴之后，就是新大陆的发现（放四种不同声部的男童音）。接下来是巴罗克时期，从一六六〇年开始，那时穿的衣服都是装饰化的，路易十四把自己称着太阳皇帝，他还很爱跳舞，一，二，三，这样的节奏，给当时的作曲家以灵感，被写进了音乐，这就是华尔兹。威尼斯有一个圣马可教堂，有一个二楼回廊，在不同的地方共有八个合唱团，每个团有五种声音，加起来有四十种声音在唱。再超过四十是不可能的，哪怕今天也很难，也许世界上最好的合唱团能做到吧。巴赫能够在钢琴上用手指即兴地创作出八声部的音乐。就是八声部的音乐，在欧洲，也不是所有的合唱团都能唱的。我在罗马做十年指挥，没有合唱团能唱。接下来是浪漫主义时期，比如柴可夫斯基的音乐，瓦格纳的音乐，梅德尔松的音乐等（放中国合唱团演唱的梅德尔松的歌）。我个人的印象，中国的音乐，还处在浪漫主义时期。再下来是一战和二战时期，这个时候让欧洲脱离了浪漫，认识到生活不再是那么美好，包括美术也发生了同样的变化。艺术家不再以美作为创作对象，搞一些抽象的，不写实的，甚至是变异的。在音乐上，无调音乐的产生，包括不唱，只是说（女助手放音乐片断），二战后，欧洲的歌曲也不再表现美的东西了，无调音乐主宰了音乐世界（女助手放无调歌曲），这首歌要表现的，就是恐怖，惊悚。现代音乐没有了和谐的概念，这很让人担忧。我个人对于未来的希望，是能创造新的音乐，让音乐变得美好和悦耳起来。

这是摘抄我当时听课的笔记，基本上未做文字上的修饰。这些纪录文字中，虽然没有省略号，还是有很多内容没有记下来，为保持原貌，不再根据回忆补充了。但是从施大爷"片言只语"中，也能大致了解了西方合唱的基本脉络。

在德国听了不少"课"，施大爷的课留给我的印象很好，他不光准备认真，助手就有好几个，而且互动也好，我们唱《茉莉花》时，他极认真地指挥，唱《黄河大合唱》片断时，他也打着节拍。而助手们不断插播的音乐，虽然只是片断，但都恰如其分，效果极好。他更是在讲的过程中，嘴里适时地发出一种音乐的声音，引导你不由自主就跟着他的情绪走进音乐的圣殿。

"施大爷"在授课

从课堂出来，已经是下午五点了，大家都很愉快，仿佛刚刚参加了一个合唱演出。

其实今天的好心情，是有预兆的，在赶往科技园的大巴车上时，几位表演艺术家分别为我们做了表演，严阵唱了一段京戏，质感很强，很有穿透力，听着给力，也舒服。陈云霞唱了一首锡剧小调《双推磨》，温婉、细腻，很有情调，也很风趣。包伟的一段《板桥道情》，曲调悠扬，情深意浓。三位艺术家的即兴表演，似乎是下午这堂课的"开场锣声"。而施大爷也没有辜负他们的开场戏，可以说倾情奉献了一场精彩的合唱演出。

街头艺术家

德国的街头艺术家应该加引号的，因为实则上他们就是乞丐，以艺术的名义行乞。但他们确实又是艺术家，无论弹琴的，绘画的，吹长笛、萨克斯的，还是装扮成雕塑站立街头的行为艺术家，从艺术层面来讲，都很职业，也很专业。

在德国看到的第一个街头艺术家，是在坡茨坦，无忧宫的入口处。他是吹长笛的，技艺不算差，还未见人影，已闻笛声了。笛声悠扬，婉转，是一支传统的曲子吧，如果在剧场里演奏，我或许会听进去的。可惜这是在一条嘈杂的山路上，身边除了我们这支人数不算小的队伍，还有别的游客，加之初来乍到，一双眼睛里都是异国风情，左顾右盼，已经不够用了，哪里有时间腾出耳朵听笛子独奏啊。但待到近前，看到一个身材不高的男人，穿一身说不清什么时候的古典服饰，神情专注地盯着面前支起来的乐谱架，架子上是打开的厚厚的一本乐谱，正投入地吹奏。在他身后，是一段矮墙，墙根还放着两本书，大约是用来备用的乐谱也未可知。如果不看他面前的地上摆着一个皮质小方斗，和小方斗里的几枚硬币，还以为是哪一家专业乐团的演奏家在练功呢。也许在我们到达时，他正转换另一支曲子，或进入另一种情境，突然由刚才的婉转，变得忧郁而凄凉，这从他的神情上也能看出来。我短暂地脱离我们的队伍，立于原

活人装扮的雕塑

街头艺术家

地静听了一会儿。说真话，我对音乐并不精通，说是十足的外行也不为过，我只是对于像他这样的一个行乞者报以真切的敬意和景仰。在这地方，他不会赢得多少掌声和赞美，也不奢望能挣很多的钱财。他之所以在深秋的寒风中展示自己的才艺，多半还是对艺术的热爱吧——如果乐团已经没有他的位置，如果他已经失去了在更高级的殿堂展示自己的机会，在坡茨坦无忧宫这个举世闻名的圣殿前，抒发他对音乐对艺术的忠诚，又有何不可呢？尽管，我听不懂他演奏的是什么音乐，作为一个都市流浪艺术家——权且这样认为——他的漂泊不定的灵魂，他的孤独和寂寞，一定随着他绵绵不尽、悲欢交织的音乐，传递到更广阔更辽远的空间，让更多人感同身受。或者说，他和他的音乐，就是司空见惯的真实的生活，就是世界的一部分，凝结着日常、琐碎和忧郁、悲伤，和生活、环境、心灵融为一体。

　　柏林的博物馆岛的艺术长廊里，也有一个吹萨克斯的艺术家，相较于无忧宫前演奏的那一位，他的面相有些模糊，萨克斯的音响或许分贝过高，我并没有听出节奏和旋律，也许是他选择的地点不对吧——在五座闻名世界的博物馆间演奏，已经感受过世界顶级艺术之后的参观者，谁还有心在意一个街头艺术家的演奏呢？

　　慕尼黑有许多弯曲的街巷，长长短短，岔口很多。在小街上的岔口或弯曲处，不期然的，会遇到这样的艺术家，有的是一个人单独演奏，也有两个人、三个人组成一个小型乐队共同合作的，他们都是一样的专注、职业。离慕尼黑市政广场不远的一条巷子里，就有一个"三人团"，一个拉小提琴，一个拉大提琴，还有一个吹笛，他们真的有模有样，从他们面前的乐谱上看，演奏的应该是完整的曲子。在他们的脚边，还有一个公文包，上面摆着几张碟片，那应该是他们的作品了。我猜测，也许头一天，他们还是某专业乐队的演奏家呢，今天失业了，就把表演的舞台搬到街上来。

　　和这样"高雅"演奏不一样风格的表演也有，10月31日在特里尔市马克思故居前一条长长的老街上，有一群人在街道一侧高声演唱，他们横排成两行，装束休闲，手里拿着各色各样的"乐器"，有一只碟子，一只铁桶，一个罐头盒，还有一本书，什么都有，什么都可以充当他们伴奏的乐器，他们表演虽不能算专业，但齐唱、合唱、二重唱、三重唱，高、中、低音，还有和声，把合唱艺术里的所有形式都表现过了，而且一边唱一边敲一边扭动身体，活泼而随意。德国人讲究成本，他们这么一个大合唱团，面前也只有一个供人扔钱的容器。要是把这么多人分成若干个小团队，不是收益更大吗？呵呵，也许他们并不是为了钱，也许他们只是表明这种存在的方式，谁知道呢？

也是在这条街上，看到好几个装扮成雕塑模样的行为艺术家，他们有的装扮成中世纪的骑士，有的装扮成公主，有的装扮成小丑，浑身上下都涂上色彩，有全白的，全红的，全黑的，还有铁灰色的，如不留神，还真以为是街头雕塑呢。有一天在科隆大教堂附近，看到一个下班的"骑士"，还没有卸妆，他拦住另一队中国游客，嘴里友好地喊着"长城"、"天安门"、"CHINA"，还表演一套中国武术，极其亢奋。

科隆大教学门前广场上，还有表演魔术和画画的艺术家。因为这天是万圣节，广场上有不少孩子在玩耍。我在广场上闲逛时，看到一个魔术师正在为一个四口之家表演。魔术师的动作流利而熟练，他先向两个小朋友展示一本书，哗哗哗地翻一遍，全是白页，然后合上书，把一根小魔棒递给小女孩，示意她在书上敲一下。小姑娘大大方方地在书面上一敲，再把书打开时，书里的白页里全是图画了。魔术师又让小男孩拿着橡皮在封面上擦一下，打开书时，线描画全变成了彩色。两个小家伙又高兴又吃惊地看着自己的父母，似乎在问，这是怎么回事啊？比起玩魔术的趣味，画画的艺术家就要辛苦多了。我看到有两个广场画家，半趴半跪在地上，手里拿着画笔，在偌大的画布上涂抹。那天特别寒冷，气温在零度左右，我看到那个女画家的清水鼻涕都被冻得流下来了，但是她依然一笔一划，极其认真。这张画至少有三米见方的样子，可称得上是

这么多"雕塑"

巨作了，到目前也只是半成品。我担心她在天黑之前不能完成。在画的四个角上，都有一些硬币，那是不同的欣赏者丢上去的。

在德国的二十多天里，经常会看到这样一些带有流浪色彩和行为形式的艺术家，我对他们普遍的感觉是，他们不一定是因为生活所需，在一定层面上，一方面是在展示自己的才艺，另一方面，也是一种生活的形式，或个性的流露，比如有一次，还是在柏林的时候，我们的大巴在一个路口等绿灯，一个马戏团小丑装束的男子敲司机恰巴的车门，意欲上车为我们表演，他在被恰巴拒绝后，表现得十分友好，以小丑的表现形式，笑容可掬地给我们敬礼，还指挥恰巴的大巴过马路，心态极为放松，让你没弄明白他表演究竟是为了什么。

感受沙沙沃特的实验戏剧

"沙沙沃特"实验戏剧工作室，在柏林一条老街上。街道很有特色，是用石板铺就的，经多年的踩踏和侵蚀，打磨得平坦如镜。这让我想起连云港新浦后街第一池旧址前的那段石板路，多少能代表城市的历史和陈旧的气质。但是，沙沙沃特不是陈旧的，她代表的是一种实验，一种前卫的精神，一种先锋艺术的观念。我们下车后，跟着翻译陈泱女士急走十数分钟，才走进一幢僻静的建筑。沙沙沃特工作室就在这幢建筑里。这里并没有明显的招牌，标志也很简约，在拐角处的墙壁上，有一个小小的信箱形状的东西，里面插着一叠沙沙沃特的宣传单。我们从一条窄窄的楼梯进入了沙沙沃特的工作室。工作室不大，上楼梯一拐是一条小走廊，走廊的墙壁上挂着几张沙沙沃特的演出剧照，两侧有几个半掩的门，是工作人员用的房间，在一间较大的屋里有四五个年轻的女性，她们或安静地看书或在电脑前工作，从气质上看，应该都是演员吧。

我们一行被引进一间小型的客厅，客厅中央的一张桌子占据了几乎一半的空间，桌子上摆着好几种饮品，供客人随意饮用。沙沙沃特艺术总监尼斯特先生已经在等我们了。他一身便装，头发微卷，是一个精干的青年人，很有艺术气质。在简短的欢迎致辞后，尼斯特先生给我们简单地介绍了沙沙沃特的戏剧理念。他说，沙沙沃特在全世界许多地方都有演出，但在中国还没有。他们一直在努力和北京京剧院交流，但中国当然还得慢慢准备。他们的演员阵容是以几位常设舞蹈家为主，此外还和全世界各国的舞蹈家、装置艺术家等一起合作。

尼斯特先生讲话的表情很平淡，配以简单的手势，他说他在16年前就开始构想并组织艺术沙龙，那时候是在灰沙勒排演，一方面在创办沙沙沃特，一方面应邀在其他剧院担任艺术总监，还在柏林搞音乐剧演出。他说创办沙沙沃特的初期只有六七个人，困难当然不少了，可以说除了思想，什么都缺。到现在资源就大多了，服装、音响等演出用具都非常充分，创作平台丰富了很多，到了2005年，沙沙沃特就离开了灰沙勒，然后在菩提树大街做歌剧，那时共有15名演员，伴唱有25人，之后就和法国音乐家一起合作，和日本作曲家合作，搞过几个有影响的演出。沙沙沃特的结构虽然是小剧社，做的却是大制作，当然也搞小制作，原来是现代舞，现在是歌舞剧。还有一个尝试叫对话系列，在不同的建筑空间进行表演，比如在犹太人博物馆，还有在国家博物馆，这些演出非常有意思，就是把演出和现场音乐放在一起做，成为一个完整的作品。

尼斯特先生一直是站着讲的，他变换一下姿势，让自己更放松一些，继续介绍道，沙沙沃特的整个团队是国际化的，有西班牙、以色列、中国等国家的艺术家，事实上没有多少德国艺术家在这个团队里。尼斯特先生还透露说："原来你们是和德意志歌剧院合作的，他们这十来天不在柏林，到外地演出了，才特别介绍给我们沙沙沃特。"这句话让尼斯特先生的脸上露出些许不易察觉的自豪和得意，认为这是德国文化部门对他们的认可吧，所以，接下来的介绍，他的面部表情开始生动起来，他说，沙沙沃特做过许多实验性创作，有一个特别早期的试验，是在水箱里表演一个现代剧，水箱放在舞台上，装置三层玻璃。演出全部是在水箱里，水箱有八米长，大概有七吨水，反映的是一个沉入水底的大陆。

说到这里，尼斯特先生放电脑视频给我们看。在一阵飘逸的音乐声中，水箱里，男女二位演员在水中起舞。音乐很美，很抒情，仿佛是各种音乐的拼凑，甚至能听出四小天鹅里的一段；还有歌剧和舞蹈的旋律。在各种不同的旋律中，

墙上的海报

尼斯特先生在介绍"沙沙沃特"

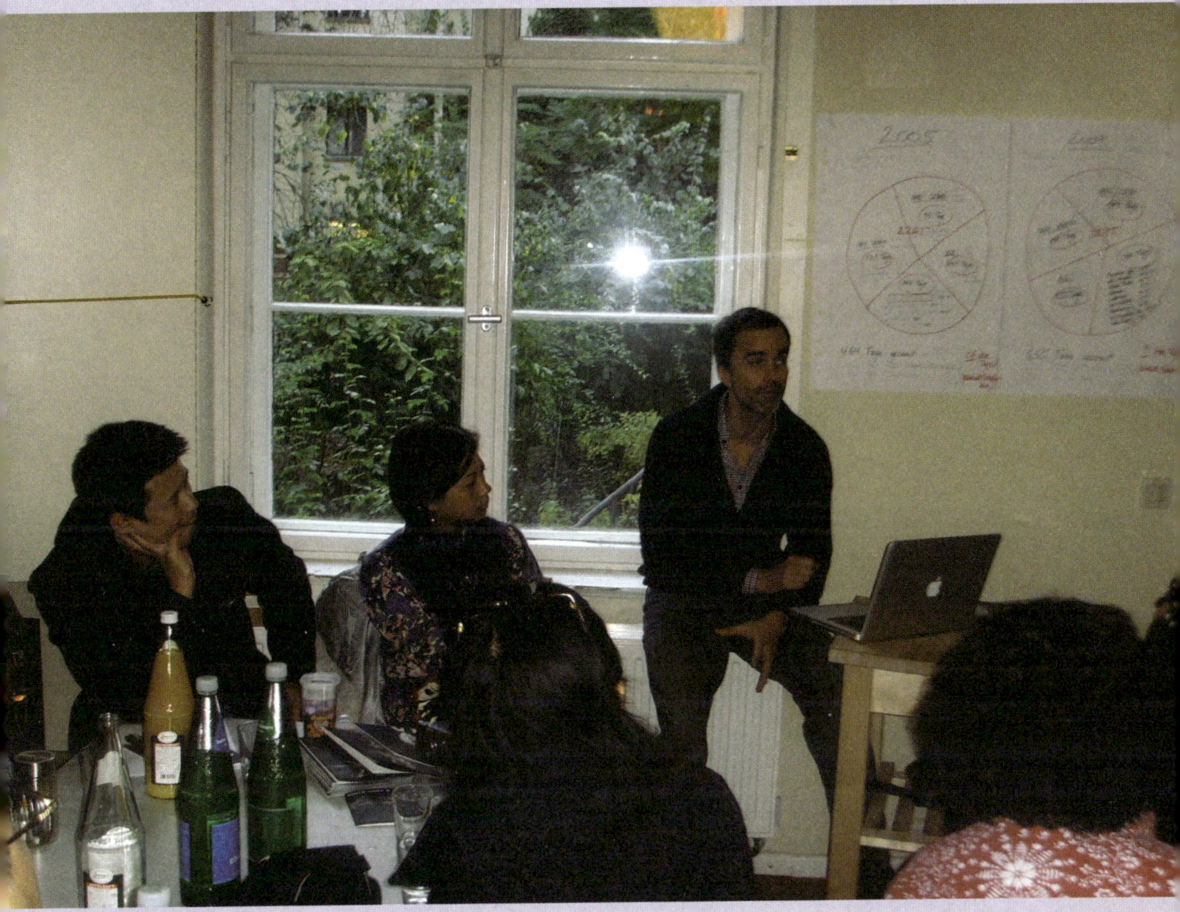
2005

在透明的、荡漾的水中，两位演员做梦幻般的表演。男演员肌肉发达，女演员身体柔软，阳刚和阴柔相济，音乐和舞蹈相融，加上舞蹈演员服饰的变幻和水波、灯光的作用，给观众传递出一种特别的感受。在双人舞过后，是多人舞、单人舞。随着音乐的递进，各种舞蹈轮番进行。还有时而响起的歌声，或悠扬，或激越，或低吟。舞蹈的节奏也和歌声相辅相成，时而明快，时而优雅，时而颓废。在每一段舞蹈的过场，都有演员的旁白。在一首女声二重唱中，男女双人舞似乎在讲述一个凄艳的故事。接着是水箱前的男性独舞，又似乎在挣扎，在他的舞蹈中，夜幕降临……

这段舞蹈视频大约有十来分钟。很难说它的主题是什么。但它的新颖、别致、先锋性以及美，却让我们感同身受。先锋艺术的魅力，就是引领人们以多重思维来考量和审查事物的本体，所以，不能用传统的眼光来看待。我所理解的先锋艺术或前卫艺术，就是对一种遥不可及的未知的一种期盼，这种期盼，是对现实体制和固有模式的批判与反驳，也是对人们思维的一种嘲讽，进而引领人们进入一种更为超越的境界。我还以为，先锋艺术秉承的，不仅是批判与反驳，还有创新和乌托邦式的空想，是对传统艺术观念的蹂躏。但是先锋艺术发展到今天，也产生变异，就是不再与传统艺术观念发生直接的对抗，而是通过与传统艺术的"合谋"，来获取自己的身份与地位。如果说，这是先锋艺术的欺骗性，倒不如说是一种蜕变。

接下来，尼斯特先生回答了几个简短的问题。在说到经费时，尼斯特先生说他们的经费一部分由柏林市文化局提供，还有一部分来自以资助演艺为主的基金会，当然也有部分是运营的钱。其他收入来自合作伙伴，以及在世界各地巡回演出的报酬。生存的压力当然很大，尼斯特说，他们比传统的剧院如德意志歌剧院的生存压力大得多，尽管他们一年的演出达一百一十多场，但收入和支出依然不成正比。在说到演出场所时，尼斯特先生显得很无奈，他说："我们团队很小，现在这里就是工作基地。因为没有固定的剧院，没有更多的班底，所以确保演出场次也比较难。"尼斯特先生继续说，为什么没有替代班底呢？这和舞蹈家本人素质有关，因为他们都是个性鲜明的艺术家，很难有人能重复他们的表演。在问到演员报酬的时候，尼斯特先生说他们有12名常设演员是拿月薪的，其他人拿临时合作约定的报酬。现在，有15部常设作品可以巡回演出。

通过尼斯特先生的介绍，我们进一步了解到，由于沙沙沃特不是传统意义上的演艺团体，一切都是个体运作，因此和伙伴们建立起来的默契非常好。沙沙沃特在动作的第一阶段，比如在塑造人物上都有一个背景。第二阶段相对比较抽象，一是关于身体，二是关于性。目前是实验舞蹈。每部作品都是根据艺术家的个人特点进行创作的。一般一年一部新作品。明年要举行首次露天演出，现在已经开始动作，是在柏林的森林公园，也可叫作森林剧场，票价在36欧元左右，能容纳2万人观看。

尼斯特先生看我们对沙沙沃特还有兴趣，又放第二件作品的视频片段给我们看，时间大约十分钟。这是在犹太人大屠杀博物馆的一场演出，剧名叫《身体》，开场音乐有一种撕裂般的震撼，男女演员在表演时，身体总有一部分被遮蔽。从演出地点以及艺术家的表演看，背景反映的，应该是二战期间法西斯疯狂屠杀犹太人的故事。演员的表演一直处于断裂状态，表情是断裂的，身体是断裂的，光线是断裂的，表演和表演者之间也是断裂的，甚至音乐，也是断裂的。上场的演员以及道具都被灯光切碎，先锋形式极其强烈，比如以碟子的排列代表脊椎，碟子的扭曲、分散预示着苦难的发生以及承受的哀痛……这一段视频和前一段视频完全是两种不同的风格。这一段表演更为震撼，不光在形式感上，就其前卫的手段，也足以让人窒息。

在离开沙沙沃特工作室时，我有一些遗憾，遗憾没能亲眼目睹一场他们的演出，那该是一场怎么样的戏剧圣宴呢？算起来，在上世纪90年代，我在北京一家小剧场里看过一场萨特编剧的《死无葬身之地》之后，已经有十多年没有看实验戏剧了，如果能在柏林欣赏一场新潮的实验戏剧，该是多么美好的享受啊。所以，在离开时，略有不甘，真是错过一场戏剧的大餐了。

不来梅的乐师

从汉堡赶往不来梅真是太匆忙了。那天也是来德国最冷的一天，从汉堡出发时还刮着大风下着冷雨，一路上，雨时大时小，而风一直不息。从车窗望出去，阴沉的天空下，森林和草地都是湿淋淋的。快到不来梅时，导游给我们讲了四个音乐家的段子，这是格林童话里的一个小故事，尽管导游讲的和原著略有出入，但大家还是兴致很高，表示到了不来梅，一定要找到这四个音乐家的雕像。

我对不来梅最初的印象，是这个城市有一支足球队，叫云达不来梅，早些年，云达不来梅一直在德甲和德乙沉浮，即便是在德甲，也是中下游水平，近年来有所起色，09—10赛季还打进了欧冠，估计也是陪太子读书。可我却毫无缘由地喜欢这支球队，细想一下，不是喜欢球队的某个明星（说实话，这支球队还一直没有算得上大牌的球星），而是球队的名称含有诗意——"不来梅"就很好听了，前边冠的"云达"，似乎更赋予某种情调，有一种女性化的阴柔之美。

不来梅的天气依旧阴雨绵绵，寒冷异常。我们在市中心的广场附近下车游览。

和德国的其他城市一样，不来梅市中心广场周围的建筑，都是陈年的老房子，古旧而厚重，墙上的雕像和彩色壁画都是德国特色，大多以宗教内容为主题。这些房子的面目也实在说不清楚，我们在呼啸的冷风中，缩着脖子"走马观花"。或许今天是星期天的缘故吧，许多房门都是紧闭的。广场的边缘有一条轻轨经过，间或会有一辆公交车驶来，车厢内也是没有几个人。轻轨两侧是一个一个紧挨着的摊商，卖啤酒、快餐、旅游纪念品的都有。在这堆摊商中间，有座破破烂烂的雕塑，导游说这个人叫罗兰，是城市的标志之一。和罗兰雕像一路之隔的，就是"四个乐师"的雕像了，它躲在一栋大房子的后边，前方也是一个卖旅游纪念品的露天市场。

"四个乐师"雕像不大，造型有点像儿童玩具，排列的顺序和格林童话里的一样，驴子在下面，身上站着狗，狗的身上站着猫，公鸡立于最上面，正在昂首合唱。如果了解这篇故事的基本内容，就不难理解这座雕像的含义了。故事讲的是很久以前的事，一头驴子因为年老不能干活，即将被主人抛弃，它便趁着夜色逃走，决定到不来梅去做一个城市乐师，路上遇到气喘吁吁的猎狗，因为猎狗年老体弱不能为主人打猎而要被宰杀。驴子就带上它，让它到不来梅的乐队去做个鼓手。又遇到愁眉苦脸的猫，也因为上了年纪不能为主人捉老鼠而要被投河淹死。驴子也带上它一起上路了。最后遇到一只拼命鸣叫的公鸡，因为天亮后，主人要来贵宾，准备拿它炖汤。驴子同情公鸡，也带上了它。路上经过一片林子时，遇上强盗在就餐。它们又累又饿，决定赶走强盗，于是，"驴把两只前蹄搭在窗台上，狗跳到驴背上，猫爬到狗背上，最后鸡飞到猫头上。这时，它们开始齐声凑乐：驴子嘶叫，猎狗狂吠，猫儿喵喵，公鸡打鸣，然后，它们一起从窗口向屋里倒走回去，窗户被震得咔咔直响。"（选自中国少年儿童出版社《格林童话故事全集》第七版）强盗被这个从未见过的怪物吓跑了，它们便根据各自的爱好，享用了桌上的美餐。不甘心失败的强盗后来又派人来打探，结果，被在窝门口睡觉的猫抓伤了脸，逃跑时，又被睡在后门的狗咬了腿，经过院子的粪堆，被驴踢了一蹄子，公鸡听到动静，也鸣叫不止。强盗跑回去

不来梅的街景

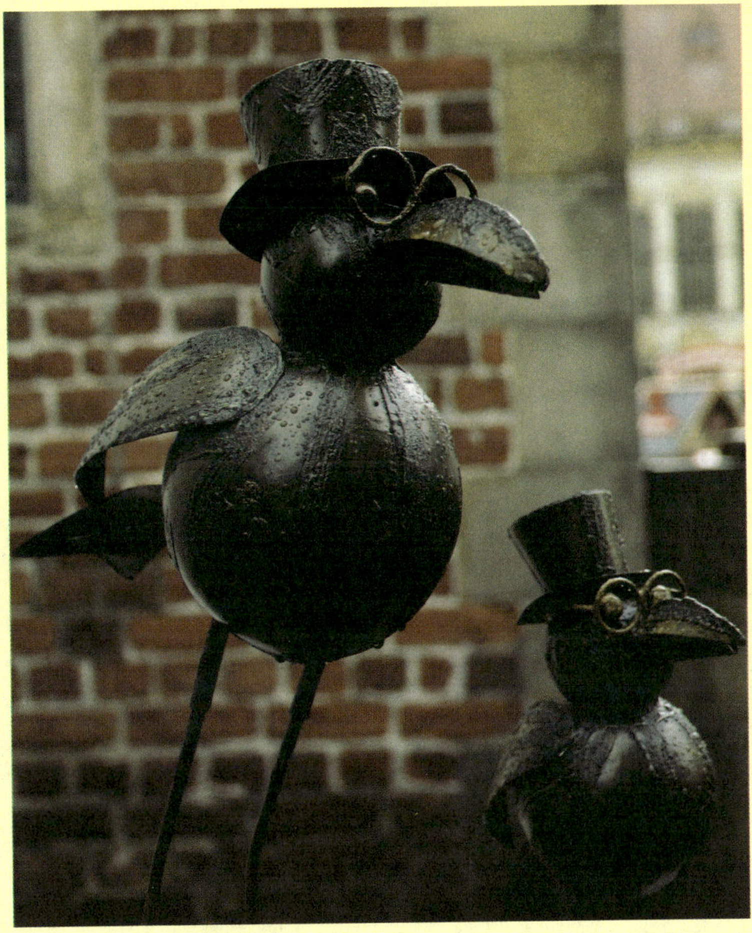

"艺术家"的合唱

不来梅的街景

向头子报告说，遇到一个可怕的妖婆，"她冲我哈气，还用长长的手指抓我的脸；门口站一个拿刀的人，把我的腿给扎了；院子里卧着个黑黑的大怪物，拿木棒朝我使劲打；在房顶上还坐一个法官，大声嚷着，把那无赖带过来！我只好赶紧逃了回来。"经他这样一讲，彻底吓跑了强盗。

全世界有无数人读过这个故事。不来梅人更是为"四个乐师"塑了雕像，成为游客争相寻找的一个旅游景点。在"四个乐师"前，大家都在争相拍照。中国旅游团队拍照是有名声的，有首民谣说得好："上车睡觉，下车尿尿，到了景点就拍照，回去什么都不知道。"我们这支队伍当然也不能只浪得虚名，拍起照来也够疯狂，人人上前，抓住驴蹄子，在四个乐师的合唱声中，留下了倩影。

回到车上，我突发奇想，如果把"云达不来梅"足球队，以"四个乐师"冠名，说不定会有意想不到的效果。想想看，这支球队的每一个人，都有"乐师"附体，或者像"四个乐师"那样，把每一个对手当成强盗，再像"四个乐师"那样花样翻新，精诚合作，必定攻无不克，战无不胜。

在写这篇文章时，儿子陈巴乔八岁，正是读童话的最好年龄，我和他交流这篇童话的故事，争抢着重述故事的内容，讲到四个好朋友利用各自优势，组成强大力量战胜强盗时，都快乐地哈哈大笑起来。

后 记

这本书稿的创作，从一踏上德志意土地就开始了。对于长期蜗居在一个沿海小城的我来说，德国是既陌生又熟悉的。陌生是毕竟没有亲临过那块土地。熟悉是因为地球已经是一个"村"了，信息基本公开，想知道的都能知道，不想知道的也能知道。而德甲联赛，又是我喜欢的足球联赛之一，特别是早年的鲁梅尼格和稍后的"金色轰炸机"克林斯曼，所以对德国有种别样的好感。细细想想，也许不仅仅是足球，德国出产那么多文学艺术大师怕也是喜欢的重要原因之一吧。总之，对于欧洲国家，如果非要让我排出我喜欢的国家的顺序，第一就是德国，第二第三才是北欧那几个国家，挪威、瑞典、芬兰什么的，对那里的喜欢和对德国的喜欢是不一样的，后者吸引我的更多的是自然和环境。

我们这支二十多人的队伍，是在深秋时节飞往德国的。我带很少的行李，几乎简单到不能再简单，但是电脑和相机不能不带。可以说一开始我就有了预谋，这次德国之行，我要记日记，拍照片，把眼睛看到的，耳朵听到的，全记录下来。照片也是见什么拍什么，几乎不作什么选择。我的相机只是卡片机，价格低廉，像素不高，内存也不大，拍一两百张就要倒一次。每天晚上回宾馆，第一件事不是洗澡喝水，而是倒照片和记日记。倒照片要快一些，一天弄一个文件夹就可以了。日记有些费时，得一笔一笔写下来。写日记的过程其实相当于又重新游览了一次。这种感觉非常奇妙。白天是一大群人，乱哄哄的，走路、赶场，腿嫌短了，眼睛也不够用了。能在宾馆里安静地回顾一天的经历，加上自己的所思所想，重新再感受一番白天的快乐和愉悦，是不可多得的回味。这和学生复习迎考还不一样，他们是为了考试而死记硬背，我的复习，可以尽情地写我喜欢的。由于在之前曾经做过案头工作，根据这次大致的行程，把我们要经过的德国大小城市查阅了一番，所以对于经过的城市的人文历史，大致都有个概括的印象，这样，日记写起来就相对有话可说了。

我们在德国时间不长，何况前一周还有不少访问和讲座。真正玩的时间也就半个多月吧。但是，对于我来说足够了。这么多年来，我还从来没有集中这么长时间好好玩一把。我知道，玩有各种各样的玩法，有的人以购物为主，有的人以商务为主，有的人以经历为主，有的人以应景为主。我要把这些玩法集中于一处，体验出不一样的玩法来，并且要把我的所见所闻和所思所想传达给朋友们。

回来以后，我没有立即投身到纷繁的杂事之中，或许呢，在情感上，我更愿意继续沉浸在德国的山山水水之间，于是，便开始了这本书的写作，由于拍了大量的照片并写下了两大本琐碎的日记，没用多久就写出了上述随笔文字。很难说这是一本真正意义上的文学作品，但是，在书写的时候，我始终是用文学的姿态面对它。但愿我的努力，能给读者朋友一点感受和启迪。

2011 年 5 月 18 日于新浦河南庄寓所